Alexandra Erd

Bemerkungen

AF281400

Alexandra Erd

BEMERKUNGEN

Alltagsgeschichten

60 alltägliche Geschichten

Bibliografische Information der Deutschen Nationalbibliothek:
Die Deutsche Nationalbibliothek verzeichnet diese Publikation
in der Deutschen Nationalbibliografie; detaillierte bibliografische Daten sind im Internet über http://dnb.dnb.de abrufbar.
© 2022 Alexandra Erd
Herstellung und Verlag: BoD – Books on Demand, Norderstedt

ISBN: 978-3-7562-3322-9

*Dieses Buch hätte nicht geschrieben werden können
ohne die Hilfe meiner FreundInnen, die mich
unterstützt und ermutigt haben.*

***

*Liebe Anna, vielen Dank für Rat und Tat! Ohne Dich
würde es dieses Büchlein nicht geben.*

**

*Lieber Peter, ich danke Dir für Deine Hilfe und
Freundschaft.*

*

Inhaltsverzeichnis

Krank

Wie ich das hasse krank zu sein! Ich habe heute Morgen geschlafen, ich habe vorhin nochmal geschlafen, ich könnte gerade wieder schlafen. Meine Nase läuft nicht, sie rennt. Ich verstehe nicht, wie eine verstopfte Nase überhaupt laufen kann, Luft geht jedenfalls keine durch.

Das wird schon wieder! Ich bin keine dieser Jammerlappen, die wegen einer kleinen Erkältung die Umwelt mit ihrem Geflenne belästigen. Ich nehme die Erkrankung zur Kenntnis, tue als ob nichts wäre und irgendwann geht es schließlich auch wieder vorbei.

Ich trage nach jedem Naseputzen etwas Penaten-Creme auf, um die Haut zu schützen, was nichts nützt. Ich sehe aus, als hätte ich mir eine Clownsnase aufgesetzt und meine Brille mit lustigen weißen Punkten verziert.

Maren sagt: »Hey, hast du versucht deine Brille mit Penaten zu überdecken?!«

»Ja, superlustig«, antworte ich gut gelaunt. Frau muss sich auch mal zusammenreißen können; kein Grund andere dafür büßen zu lassen, dass ich KRANK bin.

»Warum gehst du, anstatt mir auf die Nerven, nicht einfach heim?« Was soll das? Kann sie mich nicht einfach in Frieden sterben lassen? Muss sie noch auf mir herumhacken, wenn ich zu schwach bin mich zu wehren?

Und nein, ich war nicht bei der Ärztin. Ich gehe nicht zu Ärzten, und zu dieser Jahreszeit gehe ich erst recht nicht. Es ist Erkältungssaison. Jetzt wimmelt es da nur so von Viren. Wer weiß, was ich mir da in meinem *geschwächten* Zustand noch an Seuchen einfangen würde.

»Geh trotzdem hin«, sagt Maren, »du könntest gleich auch mal wegen deines Handgelenks fragen. Du weißt schon der Knubbel, der immer größer wird.«

Was denn für ein Knubbel und wieso immer größer? »Es ist ein Knubbelchen und es ist nicht mehr größer geworden«, lüge ich geschmeidig. Mein Knubbel geht sie nun wirklich nichts an und außerdem: »Da hast du sowieso nicht hinzuschauen, schau mir ins Gesicht und nicht auf meinen Knubbel.« So!

Ganz sicher werde ich das der Ärztin niemals zeigen. Die überweist mich dann zum Onkologen, der nachdem ich 4 Stunden 23 Minuten in dessen stickigem Wartezimmer beinahe verrückt geworden bin, sagt: »Es ist Krebs, kommen Sie Dienstag. Wir entnehmen eine kleine Probe und entscheiden dann gemeinsam, an welcher Stelle wir den Arm abnehmen werden.« Ich möchte mir aber nicht den Arm amputieren lassen; deshalb gehe ich eben nicht hin.

Bin ich eigentlich nur von Idioten umgeben?

Wenn ich schon krank bin, dann würde ich es gerne ein bisschen genießen können: es mir gemütlich machen, geistloses Zeug im Fernsehen gucken, im Bett liegen und dösen. Stattdessen bin ich einfach nur genervt.

Ich würde gerne etwas lesen und kann es nicht. Ich würde gerne Bälle werfen oder eine Geschichte schreiben und kann es nicht. Wenn ich krank bin, schreibe ich immer nur Mist wie diesen hier. Wann hört das wohl wieder auf? Morgen? Übermorgen? Nie mehr?!

Ich kann noch vom Glück reden, dass ich eine Frau bin, Männer sterben ja an sowas.

Alex, 05.10.2013

Die Macht der Dinge

Ich bin bekannt für mein gutes Gedächtnis. Das ist auch der Grund, warum ich niemals etwas verliere. Andere Leute suchen praktisch jedesmal ihren Schlüssel, wenn sie ihn brauchen, ihr Geld wenn sie zahlen wollen. Ich weiß immer, wo alles ist, und wenn ich es mal nicht weiß, dann hilft schlüssiges Raten und die Tatsache, dass ich grundsätzlich alles auf den selben Platz lege. Die Brillen behalte ich ganz besonders gut im Auge.

Vor einigen Tagen gelang meiner Sonnenbrille dennoch die Flucht. Ich lege sie *immer* auf ..., da lag sie aber nicht, dort lag nur das leere Etui. Das Brillen-Etui lag, wo es immer lag und es war leer! Ich war fassungslos, konnte es nicht glauben. Um wirklich sicher zu gehen, öffnete und schloss ich es einige Male. Vielleicht sollte ich doch noch einmal mal ganz genau nachschauen ...? Nein, ich riss mich zusammen und schaute nicht noch einmal. Eine sinnlose Handlung mehrmals zu wiederholen, ist nichts anderes als Aberglaube.

Niemand geht mit Brillen sorgfältiger um als ich, geradezu zwanghaft. Ich sperre Brillen, die ich nicht trage, ausnahmslos ins Etui. Nun, um genau zu sein, gewähre ich ihnen innerhalb meiner Wohnung gelegentlich Freigang. Ausschließlich in der Wohnung! Deshalb war klar, dass die Brille nicht weit gekommen sein konnte.

Ich habe sie nicht gefunden. Ein Anruf bei meinen Eltern:

»Papa, hab' ich die Brille Sonntag bei euch liegen lassen?«

»Ich geb' dir mal deine Mutter.«

»Nein, das ... Papa? ... Hallo?«, aber er war schon weg.

Meine Mutter kam ans Telefon und sagte mir, was sie immer sagt. Ich solle endlich mal meinen Kopp zusammenreißen und außerdem hätte ich neulich auch mein Portemonnaie verloren. Stimmt, da war ich 5 Jahre alt, es war ein Spiel-Portemonnaie und es war rot.

Ich bin dankbar, dass sie mich immer wieder mal daran erinnert. Ich muss wirklich mal meinen Kopf zusammenreißen, nicht dass das noch Gewohnheit wird. Also suchte ich zu Hause weiter, teilte den Wohnbereich in Quadranten auf, fand einen Strumpf und staubte gleich auch hinter dem Kühlschrank alles ab.

Vielleicht habe ich sie doch woanders liegenlassen? Vielleicht beim Sport? Nein, ich passe ja IMMER auf! *(Warum findest du sie dann nicht?)* Ich lege alles grundsätzlich an den selben Platz. *(Genau, deswegen liegt sie da jetzt auch nicht)*. Naja, ein bisschen liegt sie schon da, das Etui ist ja hier. *(Und wieso ist das Etui dann leer?)* Ich ACHTE auf meinen Kram und ich will keine Kommentare in Klammern mehr hören. Blöde Stimme.

An Schlaf war nicht zu denken. Mich quälte die Vorstellung, dass meine arme Brille mit gebrochenem Bügel hilflos irgendwo liegen könnte, ein Sadist sie quälte oder gar schlimmer, sie in eben diesem Moment in der Wohnung sonstwas anstellte. Ich grübelte so lange, bis ich in den Morgenstunden endlich ein bisschen Schlaf finden konnte.

An anderen Tagen bin ich nachts aufgestanden und durch die Wohnung geirrt. Keine Ahnung, was das sollte. Vermutlich habe ich gehofft, die Brille zu überraschen, wie sie gemütlich mit anderen befreundeten Dingen, die ebenfalls seit Tagen abgängig sind, ein Bier trinkt. Alleine die Vorstellung – unglaublich! Jetzt ging es ums Prinzip.

Die Brille ist zurück. Großzügigerweise hat sie mir das Gefühl gegeben, sie gefunden zu haben. Ich vermute allerdings, dass sie einfach keine Lust mehr hatte, mit der Fernbedienung und dem blauen Ball einen drauf zu machen und aufgegeben hat. Ich hätte ihr das gleich sagen können, der blaue Ball ist ein Langweiler.

Egal, Hauptsache, sie ist wieder bei mir. Dieses Aas … ich wusste, naja war mir ziemlich sicher, dass ich sie Freitagvormittag noch – gut, das hatten wir bereits. Ich sage nicht, wo ich sie gefunden habe.

Naja gut – sie war im Backofen.

Nur kurz zur Erläuterung: Ich hatte die Brille noch auf, als ich etwas aus dem Backofen holen wollte. Konnte mit der Sonnenbrille im dunklen Backofen nichts erkennen, habe die Brille kurz abgesetzt, Backofentür zugeknallt und das war es dann.

Sowas kann durchaus vorkommen, wenn der Kopf auf Autopilot läuft. Neulich stand ich mit meiner Mülltüte in der Hand bei Aldi an der Kühltheke. Sie machte sich erst bemerkbar, als ich nach einer Packung Tiefkühlgemüse greifen wollte. Das kann passieren. Das ist erklärbar, kein Grund, eine Demenz anzunehmen. Der Stress halt!

Klingt gut und plausibel oder? In Wahrheit war es natürlich anders. Ich habe die Brille wie immer im Etui eingeschlossen. In einem unbeobachteten Moment ist sie dann ausgebrochen und hat sich im Backofen versteckt. Ich bin wirklich nicht nachtragend, dennoch fast schade, dass ich sie nicht getoastet habe – also im Nachhinein betrachtet.

Brillen haben Hände, deswegen müssen wir sie einsperren, Mülltüten können sich unsichtbar machen und blaue Bälle gehen für immer. Fernbedienungen finden alleine wieder heim und Kühlschränke sind brav und machen niemals Ärger.

Doch, das stimmt! Meinen Kühlschrank musste ich noch nie suchen. Ich weiß nicht, was er nachts so treibt, aber morgens ist er immer an Ort und Stelle. Ein Profi. Ein Kleinod in der Welt der Dinge, auf deren Unzuverlässigkeit wir uns verlassen können.

Die Ordnung der Welt zeigt sich in der Ordnung der Dinge. Dinge haben Macht und nutzen das aus.

Alex, 27.12.2013

Spülmaschine/Bürogeschichte

Mona sagt, die Küche würde stinken und ich solle mal die Spülmaschine anmachen. Warum auch nicht?

»Wie geht das?«

»Einfach auf den Knopp drücken.« Ich drücke auf den Knopf, die Maschine beginnt zu laufen. Mona ruft etwas, ich verstehe nur Bonbon, also bringe ich ihr einige Bonbons mit.

»Nein, ich will keine Bonbons, ich wollte bloß wissen, ob in der Spülmaschine eins ist.« Eigenartige Frage ...

»Nein Mona, natürlich ist kein Bonbon in der Spülmaschine, ich habe die einfach aus dem Schrank genommen.«

»Ich meine, hast du eins rein getan?«

»Sicher nicht, warum sollte ich ein Bonbon in die Spülmaschine werfen?«

Vielleicht bin ich konservativ, aber ich finde, in jedem Gespräch sollte es doch zumindest einige wenige Momente geben, in denen beide Parteien wissen, worüber sie reden.

»Willst du damit sagen, dass du noch nie die Spülmaschine angemacht hast?«

Nein, eigentlich wollte ich damit sagen, dass ich kein Bonbon hineingeworfen habe, aber gut, ist okay, wenn sie es anders interpretiert!

»Du arbeitest seit 5 Jahren hier, wie kann es sein, dass du nie die Spülmaschine anstellst?«

»Weil ich nix reinstelle, Mona. Ich mach das Ding nur auf, wenn ich es ausräumen muss. Ich seh' nicht, ob die voll ist, weil ich sie nie aufmache.«

Ich arbeite seit Jahren dort, und noch niemand hat gemerkt, dass ich meine eigene Tasse habe, die ich selbst spüle. Ich mag kein Spülmaschinen-gespültes Geschirr; das ist danach immer so quietschig, es riecht auch komisch.

»Du bist komisch«, bekomme ich daraufhin gesagt, »total seltsam.«

Ich finde es gut, dass sie sich mir gegenüber endlich öffnet, aber der Zusammenhang entgleitet mir immer weiter. Genau der passende Zeitpunkt, meinerseits etwas Sinnloses zum Gespräch beizutragen:

»Es ist natürlich immer leicht, sich über Sehbehinderte lustig zu machen.« Ein Klassiker, seit Jahren Platz Eins der Gesprächskiller. Zieht immer und so auch diesmal.

»Oh tut mir leid.«

»Ach, das macht doch nichts.«

Ja, ich bin Anthropologin und ich bin nicht von hier. Meine Leute haben mich auf der Erde abgesetzt, damit ich die Menschen studiere. Ich habe die Sprache perfekt gelernt, aber den Subtext höre ich nie. Die

Vermutung liegt nahe, dass biologische Menschen Untertitel eingeblendet bekommen. In meinem Bericht heute Abend werde ich vermerken, dass ein Zusammenleben zwischen mir und den Menschen auch heute wieder an Verständigungsschwierigkeiten scheiterte; richtiger Zeitpunkt falsches, Universum, weiterhin ...

Maren unterbricht mich und sagt, ich solle aufhören zu faseln.

»Hat die Geschichte auch ein Ende, oder was?«

Das ist es, was ich meine: einfache, klare, leicht verständliche Sätze. Also, ich hätte erstens Spülmittel dazu geben (das Bonbon), dann die Klappe schließen, das Rädchen auf 2 (Zwei!) drehen und danach den Knopf drücken sollen. Das klingt ein bisschen anders als: »Drück einfach auf den Knopp.« Oder?

Wie hätte ich das wissen können? Ich habe keinen Vertrag mit Spülmaschinen. Ich kenne keine Leute, die Spülmaschinen besitzen. Ich habe nie gesehen, wie jemand eine Spülmaschine einschaltet und ich will es auch nicht sehen.

Es interessiert mich einfach nicht.

Alex, 11.01.2014

Komplimente

Komplimente sind ein schwieriges Feld. Ein Rate-, Frage- und Antwortspiel. Ich arbeite mich gerade ins Thema ein und lerne viel fürs Leben.

»Neuer Pulli?«

»Nein, den habe ich aus dem Rotkreuzbeutel.« Ich solle nicht immer alles so wörtlich nehmen, bekomme ich erklärt. So ist es richtig:

»Neuer Pulli?«

»Ja, vielen Dank.«

Vielen Dank wofür? Vielen Dank, dass du es bemerkt hast vielleicht? Ich versuche es selbst:

»Warst du beim Friseur?«

»Ja, vielen Dank «

»Verklage ihn, den Rechtsstreit gewinnst du.«

Entschuldigung, das war natürlich ein Ausrutscher. Das sind doch keine Komplimente, das ist ein Quiz. Die Leute wissen das auch und tun es trotzdem.

Eine kniffeligere Variante des Quiz ist das »Heitere Komplimente-Raten«. Es beginnt üblicherweise mit der nur scheinbar harmlosen Frage:

»Fällt dir an mir nichts auf?«

»Äh …«

»Jetzt schau doch mal genau hin.« Gesten bedeuten mir, dass es sich um etwas in der Nähe des Kopfes handeln muss.

»Neue Brille!«, rate ich und »Steht dir ausgezeichnet!«, lege ich noch eine Schippe drauf.

»Nein, ich habe die Haare gefärbt«, antwortet die Kollegin etwas enttäuscht. Aber jetzt kommt sie mit einem beeindruckender Kunstgriff daher, der dazu dient unsere guten Beziehungen zu retten: »Aber die Farbe der Brille kommt jetzt besser zur Geltung, finde ich.« Voller Bewunderung über diesen eleganten Pass, nehme ich den Ball gerne auf:

»Genau!«

Schön auch das erzwungene Kompliment:

»Findest du, dass ich abgenommen habe?«, fragt Rosi.

»Nein.«

»Also ...!!« Das kommt mit drohendem Unterton.

»Jetzt sag' doch mal ehrlich?!«

»Ich seh' nix.« Falsche Antwort, also formuliere ich es ein *wenig* anders:

»Rosi, hast Du abgenommen?«

»Findest du?«, fragt sie.

»Ja«, sage ich.

»Wirklich?«

»Ja.«

»Ich liebe dich.«, sagt Rosi. Ja, so geht das.

Eine Untergruppe des erzwungenen Kompliments ist die falsche Vorgabe: »Meine Haare sind heute schrecklich!« Da gibt es nur eine richtige Antwort und die lautet nicht: »Ja, stimmt.«

Der bezaubernder Ex-Kollege verstand es wunderbar, dieses Spiel auf die Spitze zu treiben.

»Erd, lügen Sie mal was Nettes!« Kein Problem, solche Aufgaben löse ich mit links.

»Sie sehen heute wieder fantastisch aus«, sage ich zu ihm.

»Sie sind so nett«, sagt er.

Ja, das finde ich auch.

Alex, 08.03.2014

Verkehrsfrieden

Wir aus der Stadt gehen über Rot. Jetzt wohne ich im Nordend, wo alles ein wenig anders ist. Hier warten wir bis die Ampel grün zeigt, dann sagen wir überlaut: »Schau Marlene-Hilde, es ist grüühüün«, und dann erst gehen wir.

Mir war diese Regel bis vor Kurzem ebenfalls neu, aber ich wohne auch noch nicht lange hier. Erstmals unterwegs auf der Strecke Wohnung/Arbeit, beobachtete ich eine Traube von Menschen, still an einer Ampel stehend. Eine Demo, dachte ich beiläufig, zog locker an dem Pulk vorüber, huschte souverän durch eine Lücke im Verkehr auf die andere Seite.

Schwerer Ausnahmefehler! Die Monster an der Ampel, die sie hier Kinder nennen, schrien auf, zeigten mit den Fingern auf mich. Kleine Petzen! Ist es das, was sie ihren Kindern heutzutage beibringen, dass sie erwachsene Menschen maßregeln?

Die Eltern blieben höflich, sie fanden das einfach nur »nicht so gut«. Ja, so reden wir hier, wir sind immer nett und freundlich. Die Bedeutung von »nicht so gut« kann ich erst richtig einordnen, seit ich folgenden Satz gehört habe: »Du, Ben-Maximilian, ich finde es nicht so gut, wenn du die Lara würgst«. Ich wurde also verbal einem Mörder gleichgestellt, das habe ich damals bloß nicht kapiert, aber ich bin ja auch nicht von hier.

Sie fanden es also nicht so gut. Ich wäre eine Gefahr für die Kinder, ein schlechtes Vorbild. Was denn? Eine rote Ampel bedeutet nur, dass ich ein bisschen aufpassen muss, wenn ich die Straße überquere. Aber im Nordend warten wir eben bis die Ampel grün zeigt, statt uns in den fließenden Verkehr zu werfen, der Kinder wegen.

Natürlich! Eine Oase des Verkehrsfriedens in einer Stadt, in der normale Menschen selbst entscheiden, wann sie wohin gehen wollen, anstatt sich dem Diktat öder Verkehrsregeln oder vorlauter Kinder zu unterwerfen.

Seit wann müssen Erwachsene den Kindern ein Vorbild sein? In meiner Kindheit war mir eins sehr schnell klar: Ich bin klein, also muss ich mich an die Regeln halten. Sind die Leute groß, können sie ihre eigenen Regeln machen. Ich bin erwachsen; ich kann vielleicht nicht immer tun, was ich möchte, aber ich muss auch nicht das tun, was andere von mir erwarten.

Ich stehe jetzt manchmal morgens ein wenig früher auf, nur damit ich gemeinsam mit den anderen an der Ampel, hoffnungsfroh auf die Person warten kann, die es wagt unter den Augen kritischer Kinder die Straße bei rot zu überqueren. Dauert das zu lange, dann übernehme ich den Job!

Ärztebeantworter

Ich gehe ja nicht zu Ärzten. Ab und zu muss ich halt doch mal in die Praxis, um ein Rezept für meine Schilddrüsen-Tabletten abzuholen. Dabei bin ich immer sehr darauf bedacht, der Ärztin nicht über den Weg zu laufen. Ich bin schließlich nicht krank, ich will nur schnell mein Rezept.

Normalerweise kann ich das etwa zwei Jahre durchziehen, bis irgendjemandem auffällt, dass Frau E schon länger nicht beim Bluttest gewesen ist. »Kommen sie Freitag um 6.07 nüchtern, wir haben ihre Werte schon ewig nicht mehr überprüft.« Nüchtern? Damit meint sie hungrig, frierend, schlecht gelaunt. 6.07h damit meint sie ... Gut, ist klar, was sie damit meint. Auf gar keinen Fall verlasse ich nüchtern das Haus, um mir von einer Frau, die ich kaum kenne, ein Loch in den Arm stechen zu lassen.

Ich werfe also all meinen Charme in die Waagschale: »Freitag... hm... 6.07h? Nö, da passt es leider nicht, da habe ich schon was vor. Dummerweise ist es die ganze Woche total schlecht und ich habe keine Tabletten mehr. Bedauerlicherweise brauche ich das Rezept also sofort.«

Die Helferin sieht das natürlich ein, gibt mir mein

Rezept, droht aber: »Ohne Test gibt es keine weitere Verschreibung mehr.« Natürlich, das verstehe ich doch. Nächstes Mal, gehe ich dann das Rezept holen, wenn diese Helferin nicht da ist. Mein Rekord waren 7 Jahre erfolgreiche Bluttestvermeidung. Seitdem steht hinter meinem Namen ein Ausrufezeichen. Ein Bild von mir hängt in der Toilette an der Wand. Ist aber ein altes Foto, deswegen mache ich mich nicht verrückt.

Manchmal bin ich, nun – ich möchte nicht sagen, dass ich krank bin, aber ich fühle mich halt nicht so. Hab' vielleicht einen Rotzkopp, 40 Fieber und würde lieber nicht arbeiten gehen. Dann muss ich hin. Im Gegensatz zu einer Freundin, die hat einen Arzt, der Ferndiagnosen stellt. Sie ruft an, der Doktor sagt:

»Husten sie mal!«

»Hust-hust-hust.«

»Das hört sich aber gar nicht gut an! Drei Wochen!« Den gelben Zettel bekommt sie umgehend zugesandt. Das ist Service.

Ich hingegen muss mich halbtot, wenn auch nicht krank, in die Praxis schleppen. Sowas ist doch nicht richtig und sinnlos ist es obendrein, denn ich habe einen eingebauten automatischen Ärztebeantworter, der grundsätzlich alle Fragen, die von jemandem mit medizinischer Ausbildung zu meinem Gesundheitszustand gestellt werden, mit »gut« beantwortet.

Glücklicherweise bin ich ja nie krank. Bin ich es doch einmal, dann gehe ich zur Ärztin und der Ärztebeantworter lügt sie, die gesundheitliche Lage betreffend, an.

Eigentlich bräuchte ich nie mit der Ärztin zu sprechen, es ist völlig ausreichend, mich ins Wartezimmer zu setzen. Nach 10 Minuten weiß ich schon nicht mehr, warum ich gekommen bin. Fehlte mir was? Wenn ja, was? Richtig! Ich bin krank, wollte mit der Ärztin reden.

20 Minuten später, denke ich ernsthaft darüber nach, ob ich mich nicht lächerlich mache, wegen so einem Pillepalle überhaupt vorstellig zu werden. Die Ärztin muss doch denken, dass ich eine Hypochonderin bin.

Warum gehe ich nicht einfach heim? Es ist doch wirklich beinahe überall schöner als in deren Wartezimmer. Habe ich keine anderen Hobbys, als bei Ärzten herumzuhängen?

Gerade als ich abhauen will, werde ich aufgerufen. Die Ärztin fragt: »Und, wie geht's denn so?« Der Ärztebeantworter übernimmt sofort: »Danke, prima und Ihnen?« Ihr geht es *auch* gut, wir unterhalten uns ein bisschen, sie fragt noch, ob sie mich abhören solle?

»Och, nicht nötig, passt schon«, sagt der Beantworter und ich verlasse das Behandlungszimmer drei Minuten später, völlig wiederhergestellt. Während ich noch meine Jacke hole, höre ich die Ärztin Richtung Tresen rufen: »Frau E kriegt eine Krankmeldung für 10 Tage.«

Richtig, die Krankmeldung, beinahe hätte ich nicht mehr daran gedacht, aber 10 Tage? Zehn Tage wegen dem bisschen Schweinegrippe? Jetzt fühle ich mich plötzlich wieder schlecht. Ich glaube, ich setze mich noch eine Weilchen ins Wartezimmer ...

Alex, 17.04.2014

Wiedersehen

Vorgestern wurde ich auf der Straße von einer Frau angesprochen: »Comeniusschule, Klasse 4e?!« Heutzutage spreche ich nicht mehr mit Lehrern, und fremder Leute Fragen zu meinem Privatleben beantworte ich grundsätzlich nicht. Ja fremd, denn Menschen die ich 35 Jahre lang nicht gesehen habe sind Fremde.

Augenblicke später, wurde mir dann klar, das war nicht die Lehrerin, das war eine Klassenkameradin. Ein Klischee, ich weiß, dennoch bin ich darauf hereingefallen.

Aber, Herrgott nochmal, die war eine alte Schachtel; damit meine ich alt nicht im Sinne von reich an Jahren, sondern alt im Sinne von langweilig, Reihenmittelhaus, Zahnzusatzversicherung und fleischfarbene BHs. Ganz genau wie ich, ganz genau so wie ich auch, bloß, dass ich kein Reihenmittelhaus und keine fleischfarbenen BHs habe.

Ich mag keine unerwarteten Wiedersehen. Eigentlich hat man kein Thema, glaubt aber irgendwas reden zu müssen – der gemeinsamen Zeiten wegen. Wobei gemeinsam nur bedeutet, dass wir zusammen mit anderen Kindern über Jahre, täglich in einen Raum gesperrt wurden. Zuerst die Lügen:

»Du hast dich gar nicht verändert«, dann folgt: »Mal jemand von den anderen getroffen?«

»Nein.«

»Und sonst so?«

»Ach, halt immer so weiter.«

»Du, lass uns unbedingt in Kontakt bleiben!!«

Ja, klar, wir haben uns 35 Jahre nicht gesehen und das hatte einen Grund. Gemeinsam verbrachte Zeiten, schaffen keine Gesprächsbasis. Das heißt, es gibt ein Thema und das ist die gemeinsame Zeit unter Haftbedingungen. Darüber möchte ich aber nicht reden. Ich war nämlich dabei, warum also alte Wunden aufreißen?

Warum reden wir nicht lieber über die Zeit dazwischen: Ist es dir gut ergangen? Sind deine Träume wahr geworden? Was soll das mit dem Reihenmittelhaus, von dir hätte ich ein Baumhaus erwartet.

Wir fragen nicht, weil wir sowohl die Gegenfrage als auch die Antworten fürchten. Es ist alles anders gekommen, als wir dachten. Aber wir haben immer noch Träume, wollen keinen Spiegel vorgehalten bekommen.

Es gäbe soviel zu erzählen, dass es uns die Rede verschlägt. Es ist wie bei einem Zeitsprung. Wer nicht zeitgleich in die selbe Richtung springt, driftet unwiderruflich voneinander weg. So gehen wir auseinander, ohne zusammengefunden zu haben. Ich mag keine Wiedersehen.

Auf dem Heimweg mache ich mir so meine Gedanken. Es ist doch nicht lange her, dass wir Kinder waren, gefühlt sind höchstens 5 Jahre vergangen. Wann sind wir so alt geworden?

Es muss passiert sein, als ich mich auf der Arbeit gelangweilt habe oder an all den Tagen, an denen ich alles in gleicher Weise wie am vorangegangen Tag erledigt habe.

Trügerische Alltagsroutinen, die so tröstlich scheinen, das sind die Orte, an denen die verlorenen Jahre geblieben sind.

Hier ist Vorsicht geboten, sonst wachst Du eines Tages im Pflegeheim auf und fragst dich, wo die Zeit geblieben ist.

Gut, dann kannst du immer noch eine lustige Alte werden, lässt dich entmündigen und haust dann richtig auf den Putz!

Alex, 18.07.2014

Erwachsen

Im Moment ist es so, dass mir mein Älterwerden nicht auffällt. Ich fühle mich wie immer. Dennoch muss ich irgendwann in jüngster Zeit eine Linie überschritten haben, und seitdem ist mein Alter ständig Thema. Beliebige Sätze werden mit, »für dein Alter« eingeleitet.

Ich sollte in meinem Alter keine Risikosportarten mehr betreiben und immer schön beide Hände am Fahrradlenker lassen. Besser die Leiter aus dem Keller holen, anstatt den Drehstuhl auf den Schreibtisch zu stellen um die Glühbirne auszuwechseln. Warum nicht gleich auch eine Pflegerin engagieren, die mir die Schuhe zubindet? Klar, mache ich alles. Also manchmal. Ich bin erwachsen und ich lebe ja so langweilig, die meiste Zeit jedenfalls.

In meinem Alter sollte ich auch endlich mal lernen, die Klappe zu halten und höflich zu lügen, wie es alle anderen auch tun, und was sollen die 100-Bälle-für-ein-Bällebad in meinem Wohnzimmer bedeuten?

Kann ich mich denn nicht einmal altersgemäß verhalten? Also, andere »Kinder«, die haben es zu was gebracht, und ich? Ich rase freihändig den Lohrbergweg herunter, klettere aufs Dach, um mir an einem schönen Sommerabend die Aussicht über Frankfurt anzusehen. Setze meine Gesundheit für den perfekten Augenblick aufs Spiel, oder erfülle mir einen Traum und lerne Jonglieren – das nennt man Spaß haben. Ich lache und fühle mich frei, das nennt man Leben.

Ja, das tue ich alles. Leider viel zum selten. Ich bin erwachsen und die meiste Zeit ja so vorsichtig. Sicher, das Material altert und etwas Besseres kommt nicht nach. So gesehen ist es nicht verkehrt, Dinge wie Kite-Surfen von der Liste zu streichen.

Vieles will ich aber gar nicht mehr. Wünsche, für deren Erfüllung ich als Kind sonstwas gegeben hätte, habe ich einfach vergessen. Warum? Ich weiß nicht recht, irgendwann schienen sie nicht mehr wichtig zu sein.

Ich bin erwachsen, das erkennt man daran, dass ich ängstlich geworden bin. Leben ist das, was zwischen den Panikattacken stattfindet. Richtig? Falsch!

Aber hier haben wir einen Spielraum, den wir nutzen können. Leben findet auch in den schlechten Zeiten statt, vielleicht gerade dann. Leben ist erleben.

Es ist traurig, dass die meisten geboren werden, ohne jemals wirklich zu leben. Mein Herz gehört den Menschen, die sich dessen bewusst sind und mit diesem Wissen weiterleben. Ich bewundere die Menschen, die Talent zum Leben haben.

Alex, 05.08.2014

Aufgeräumt

Ich mag keine spontanen Besuche. Das kann daran liegen, dass weder ich noch meine Wohnung durchgängig vorzeigbar sind. Bei anderen Leuten kannst du klingeln wann du willst, die Wohnung wirkt tiptop, alle sind angezogen. Das ist mir unbegreiflich.

Ich komme nach Hause und ziehe mir zuerst mal etwas Bequemes an. Meist sind das Lieblings-Kleidungsstücke, die ich auf der Straße nicht mehr tragen kann, aber da sie alt geliebt sind, dürfen sie, als Daheim-Rum-Klamotten, auf dem Gnadenhof in Frieden ihr Leben beschließen.

Meine Wohnung ist nur zwischen Samstag 11.00 und sagen wir mal Mittwoch 17.15 in einem Zustand, dass ich mich nicht schämen muss. Samstags räume ich auf, fasse den Vorsatz, nicht immer alles herumliegen zu lassen.

- *Montags* komme ich heim – es war ein harter Tag – und kicke die Schuhe einfach in die Ecke.

- *Dienstags* werfe ich die Post auf den Stapel, mache mir etwas zu essen und stelle das Salz nicht zurück in den Schrank. Spüle und räume das Geschirr nicht weg – ich werde es am nächsten Tag sowieso wieder brauchen ...

- *Mittwochs* werfe ich einen Blick auf das bereits angerichtete Chaos, bin entsetzt und nehme mir vor, es die restliche Woche nicht noch schlimmer zu machen. Setze meinen Vorsatz aber nicht um, denn Samstag werde ich ja ohnehin aufräumen.

Ich gehe täglich zwischen 19.00 und 20.00 Uhr ans Telefon. Bitte, kündigt euch doch eine Woche vorher kurz an! Dann kann ich mich innerlich und äußerlich auf Besuch einstellen. Einen Pfad ins Chaos trampeln und mir etwas Ordentliches anziehen.

Ich wohne im vierten Stock. Bis die Leute die 92 Stufen hochgeschlichen sind, habe ich glücklicherweise immer noch ein Zeitfenster von etwa 15 Minuten, das ich nutze, um schnell durchzusaugen. Fertig! Ich öffne die Tür, bin komplett angezogen, die Höhle ist präsentabel.

»Bei dir ist es immer so ordentlich.« Ich mache eine wegwerfende Handbewegung.

»Tolles Hemd übrigens, ich lauf daheim ja immer herum wie ein Penner.« Ach so!? Und möglicherweise ist ihre wunderschöne Wohnung gar nicht immer aufgeräumt?

Ich wage nicht zu fragen. Ich glaube, ich will es gar nicht genauer wissen. Aber, von jetzt an werde ich mit einem völlig neuen Gefühl an verschlossenen Wohnungstüren vorüber laufen. Ich habe da einen furchtbaren Verdacht ...

Alex, 10.08.2014

Gefallen

Gelegentlich erledige ich für die eine oder andere Freundin die Steuererklärung. Kleine Gefälligkeiten. Ich habe nicht viele Freunde, so bleibt die Zahl der Gefallen überschaubar.

Mittlerweile nehme ich für meine Bemühungen ein wenig Geld und nein, das ist kein Schwarzgeld. Die Kriterien des §15 EStG sind nicht erfüllt, es fehlen: Die allgemeine Beteiligung am wirtschaftlichen Verkehr, die Nachhaltigkeit und von Gewinnerzielungsabsicht kann bei meinen Preisen sowieso keine Rede sein.

Warum nehme ich das Geld einer Freundin, anstatt ihr einfach einen Gefallen zu tun? Mir würde es nichts ausmachen, nur für ein Dankeschön zu arbeiten. Das Problem aber ist, dass sich Freundinnen nicht die Steuer von mir erledigen lassen, ohne im Gegenzug mir etwas Gutes tun zu wollen.

Ich werde dann zum Essen eingeladen – was ich nicht mag; bekomme eine Flasche Wein – den ich nicht trinke oder ein Buch – das ich bereits habe.

Von Andrea bekam ich als Dank für die Steuer einen Fahrradhelm geschenkt. Ich trage keine Radhelme. Sie hätte aber gerne, dass ich einen trage.

Möglicherweise in der Hoffnung, dass ich noch viele Jahre gesund und munter genug bleibe, um die Steuer für sie zu erledigen.

Meine Nachbarin kocht, seitdem ich ihr die Steuer gemacht habe, täglich für mich mit. Sie lauert hinter der Tür. Keine Chance, von ihr unbemerkt nach Hause zu kommen, sinnlos, überhaupt noch Lebensmittel einzukaufen.

Alle meinen es nur gut und ich bin total verzweifelt, habe keine Gelegenheit, mich zu revanchieren. Ich kann nicht kochen, bin weder kreativ, noch habe ich gute Geschenk-Ideen. Ich kann nur Steuer und die nur einmal jährlich.

Die Dankbarkeit der Betroffenen geht so weit, dass die Geschenke den Wert dessen, was ich normalerweise für eine Steuererklärung nehmen würde, weit übersteigen.

Gefangen im Gegengefallenszwang, kann ich nur noch hoffen, dass mit dem Steuerbescheid etwas nicht in Ordnung ist und ich im Zuge eines Gegen-Gegen-Gefallens, noch einen kleinen Einspruch schreiben darf. Für diesen klitzekleinen, unkomplizierten Finanzamtsbrief bekomme ich dann wieder etwas geschenkt.

An dieser Stelle ist es ratsam, jeglichen sozialen Kontakt mit der betreffenden Person mit sofortiger Wirkung abzubrechen, sonst endet die Geschichte im Gegengefallen-hoch-37 noch nicht. So gehen Freundschaften kaputt! Also ziehe ich die Notbremse:

»Und ich krieg' dann noch 50 Euro für meine Bemühungen.« Natürlich ist das brutal, aber für eine Freundschaft bin ich bereit, Opfer zu bringen.

»Wirklich, wäre das wirklich okay für Dich!?« Ja, so klingt Erleichterung.

»Treffen wir uns doch kurz zur Übergabe.« Das höre ich gerne. Zur Erläuterung, Übergabe bedeutet Geld und kurz bedeutet lang.

»Du, es ist völlig ausreichend, wenn du mir das Geld gibst«, versuche ich die Opfer zu entlasten. Aber das funktioniert nicht. Steuererklärungs-Opfer empfinden es als roh und unfreundlich, mir einfach die Asche in die Hände zu drücken. Sie sind dankbar und deshalb ein bisschen nett zu mir, ob mir das nun passt oder nicht.

Also treffen wir uns und unterhalten uns noch ein wenig; hauptsächlich darüber, dass ich doch bitte, *bitte* mehr Geld nehmen soll.

Alex, 30.08.2014

Niedlich

Die letzten 20 Jahre habe ich die Haare ratzekurz getragen und es genossen. Anlässlich bald ins Haus stehender Bewerbungsgespräche habe ich mich entschieden, die Haare auf eine etwas zivilisiertere Länge wachsen zu lassen.

»Besser du siehst nicht so nach Skin-Head aus, wenn du wo anfangen willst«, sagte Maren.

So geschah es, dass ich eines Morgens aufwachte und langes Haar hatte. Erstaunte Ausrufe im Büro:

»Sie haben ja Locken?!« Ja, jetzt war es also raus.

»Tut mir Leid, vielleicht hätten wir schon vor Jahren drüber reden sollen.«

»Das ist ja so niedlich.«

»Niedlich«, sagt mein bezaubernder Kollege, »ist die kleine Schwester von Scheiße.« Wo er recht hat, hat er Recht.

Ich führe jetzt Frauengespräche – oder besser: sie werden mir aufgedrängt. Mir eröffnet sich eine völlig neue Welt, die ich interessiert erforsche.

Lena sieht mich: »Alex, deine Haare! Du siehst aus wie ein Engel.« Genau, so habe ich mir einen Engel auch immer vorgestellt, Anarchie auf dem Kopf, Hemd und Brille. Wer will schon ein Engel sein?

Engel sind heutzutage nur noch im Himmel, wir anderen machen, was wir wollen.

»Darf ich mal anfassen?«, fragt sie mich.

»Nein.« Natürlich ignoriert sie mich. Frauen übergehen das immer. Frauen finden, dass sie ein Recht darauf haben, meine Haare einfach anzufassen.

»Oh, die fühlen sich ja an wie Hundehaare.« Ich bin also ein Engel mit Hundehaaren. Sehr schön.

»Engel«, belehre ich sie, »sind Geflügel, und das hat Federn, keine Hundehaare.«

»Darf ich auch mal?«, fragt eine andere und zieht an einer Locke. Wie gesagt, Frauen haben ein Abo auf meinen Kopf und manchmal staube ich auf die Tour sogar noch einen Kuss ab. Ich meine, wo ich doch jetzt so niedlich bin und so.

Wie es scheint, zieht die Tatsache, dass ich meine Haare habe wachsen lassen, eine nicht enden wollende Kette an Kommentaren nach sich. Besonders froh bin ich darüber, dass ich jetzt, »endlich auch mal aussehe wie eine Frau«.

Ja, das ist toll. Ich bin sicher, dass meine Umwelt die Tatsache, dass nun alle Unklarheiten beseitigt sind, mit Erleichterung registrieren wird. Ob ich mit all dem leben will oder nicht, weiß ich noch nicht, aber abgeschnitten sind sie ja schnell.

Ich bin jetzt auch soviel freundlicher, richtig? Falsch. Ich habe bloß die Haare lang und werde seitdem entsprechend falsch eingeschätzt.

Bis zur Entscheidungsfindung entschließe ich mich,

die Haare hochzustecken. Ein Kompromiss. Es gibt da auf Youtube wirklich schöne Tutorials. Was denn!? Ist ja nicht verboten, sich sowas anzuschauen.

Ich bin mit dem Ergebnis höchst zufrieden. Jetzt sind alle Haare aus dem Weg. Es sieht aus, als hätte ich kurzes Haar. Ich fühle mich gut, ich fühle mich leicht, ich fühle mich frei. Bis es wieder passiert:

»Ach, wie süß! Sie dürfen die Haare nie wieder abschneiden.«

Jetzt fühle ich mich nicht mehr leicht und frei. Jetzt fühle ich mich wie eine schlecht gemachte Transe und schwupp! Da habe ich mich doch schnell in meine eigene Schublade gesteckt.

Das macht aber nichts. Wie ich mich fühle, ist nicht relevant. Viel wichtiger ist, wie die anderen mich finden, und andere haben entschieden, dass die Haare dran zu bleiben haben. Da gibt es gar keine zwei Meinungen!

Mal ernsthaft jetzt, was interessiert es denn mich, was andere Leute denken? Ich muss mich doch dem Diktat der Masse nicht unterwerfen. Noch leben wir hier in einem freien Land und ...

»Herrgott nochmal, jetzt schneid' sie doch einfach wieder ab!«, unterbricht Maren.

Ja, ist sie denn verrückt geworden? Die Frauen stehen drauf. Ich wäre bekloppt, die jetzt wieder abzuschneiden.

Ich bin eine Lesbe, gefangen im Körper einer niedlichen Blondine.

»Du bist nich' blond«, sagt Maren nach dem Lesen.

Na und? Eigentlich habe ich auch keine Locken,
im Herzen bin ich kurzhaarig.

Alex, 18.01.2015

Helm

Vor drei Wochen habe ich mir den Arm gebrochen. Richtig! Ich bin vom Rad gefallen. Das ist ärgerlich genug, noch schlimmer ist das Geschwätz meines Umfeldes:

»Hattest du einen Helm auf??«

»Ich habe mir den Arm gebrochen.«

»Was meinst du, warum ich dir den geschenkt habe?«

»Ich habe mir den Arm gebrochen.«

»Vermutlich hast du ihn längst in die Tonne getreten!«

»Der Arm ... es ist der Arm der ... «

»Ich mache mir doch nur Sorgen um dich!«

»... der Arm ist gebrochen.«

»Du siehst ja auch so schlecht nachts.«

»Es war nicht nachts und ich sehe auch nicht schlecht – nur anders.«

»Warst du eigentlich mal wieder bei der Augenärztin?«

»Nein, ich war beim Orthopäden, wegen des Arms.«

Ich habe mir den Arm gebrochen, was hätte ich machen sollen? Den Helm in der Hand halten? Sowas nervt mich. »Was, du trägst keinen Helm?«, wirft die anwesende Ärztin ein. »Direkt vom Pflegebett in den Mercedes. Du weißt doch, wie das läuft.«

Ja gut, aber was hat das mit mir zu tun? Steigt der Opa etwa nicht in den Benz, weil ich mir einen Helm angezogen habe? Bin ich jetzt Schuld daran, dass der Opa jemanden totfährt? Jemanden, der oder die einen Helm getragen hat? Sollte ich vielleicht lieber doch einen Helm tragen, um Opas Chancen zu verbessern?

Nein, ich trage keinen Helm, weil das hieße, das Schicksal herauszufordern. Es ist nachgewiesen, dass Autofahrer an HelmträgerInnen unvorsichtiger und enger vorüberfahren. »Oh, nur ein Helmträger«, denkt der Opa, fühlt sich sicher und latscht aufs Gas.

Außerdem bedeutet ein Helm, dass ich die Möglichkeit angefahren und verletzt zu werden überhaupt in Betracht ziehe. Ich würde den Status der Unverwundbarkeit unwiederbringlich aufheben. Ja, an Sicherheitsgurte haben wir uns auch gewöhnen müssen, aber Gurte ruinieren nicht die Frisur.

Was aber, wenn mir doch etwas passiert und die Notärztin mich fragt: »Warum haben Sie eigentlich den Helm, der seit Jahren bei Ihnen rumliegt, nicht angezogen?« Falls ich dann noch lebe, werde ich nicht wissen, was ich sagen soll. Die Ärztin hält mich für nicht orientiert, weil ich stumm bleibe und schreibt »Hirnschaden«. Sollte ich tot sein, trägt sie in das Feld für die Todesursache »Dummheit« ein.

»Paulina ist neulich in den Straßenbahnschienen hängengeblieben«, erzählt Monika. »Hat sich das Bein verletzt.«

»Hatte sie einen Helm an?«, fragen wir im Chor.

»Nein, ein Kleid«

Alex, 15.06.2015

Sommer

Es ist die Jahreszeit gekommen, in der ein Schälchen kein Fehler ist und Handschuhe eine Überlegung wert sind. Der Sommer ist eine ferne Erinnerung.

»Weißt du noch«, sagt meine Kollegin, »wie es war, als wir alle in kurzen Hosen gearbeitet haben?«

Ja, ich erinnere mich, aber ungern. Mir war so heiß, dass ich sogar kurz angedacht habe, mir die Beine zu rasieren und ärmellose T-Shirts zu tragen.

Mein Kühlschrank war so fertig, dass er nicht mehr kühlte und eine Geschlechtsumwandlung zum Ofen erwogen hat. Ein Kofen, er hätte dann mittwochs in der Gruppe über seine Erfahrungen reden können.

Es war ein Jahrhundertsommer, deswegen könnte es sein, dass wir auch einen Jahrhundertwinter bekommen. Gerade ist Dreckwetter, aber sobald sich das legt, wird es passieren. Die Dame von der Hausverwaltung wusste, dass in Offenbach ein Hund lebt, der sich beharrlich weigert hinter dem Ofen hervorzukommen. »Das«, so die Dame, »ist ein Zeichen!«

Ich mag Wetter, das mit meiner Stimmung harmoniert. Deswegen gefällt mir der Spätherbst, diesige Tage, bedeckter Himmel. Am liebsten mag ich Nebel.

Nebel nimmt der Welt die harten Kanten. Die Farben werden sanft, Abstufungen von Grau streicheln die Seele. Hast du je die Schönheit der Welt vor einem grauen Hintergrund bemerkt?

Das ist eher meine Sache als quietschige Farben, überdrehte Menschen und ein vom Wetter diktierter Aktionismus im Sommer. Klar, ich freue mich doch auch, wenn die Sonne scheint. Ich will nicht klagen. Die meiste Zeit bin ich ja schon froh, dass wir überhaupt ein Wetter haben. Viele Menschen haben nicht mal das.

Doch jetzt, jetzt hatten wir halt auch in Deutschland mal einen richtigen Sommer. Richtige Sommer müssen heiß sein. So heiß, dass alle dankbar sind, wenn es endlich abkühlt. In meiner Kindheit hat es viele richtige Sommer gegeben; früher war vieles besser.

Ich schlafe gerne zugedeckt. Bei 35 Grad ist das nichts für Weicheier. Ich bin aber nicht gewillt, dem Wetter auch nur einen Fuß breit nachzugeben. Morgens bin ich dann fix und fertig.

Im Radio höre ich als erstes: »Hitzerekord könnte heute gebrochen werden.« Die Moderatorin ist außer sich vor Begeisterung. Die Leute sollen anrufen und erzählen, wie sie mit der Hitze klarkommen. Heißt, die Menschen sollen anrufen und sich freudig äußern.

Ich finde, wir sollten das Thermometer um zehn Grad herunterstellen und wer es gerne etwas wärmer hätte, zieht sich einen Schal an.

»Warum deckst du dich nicht nur mit einem Laken zu?« Hat das eigentlich bei irgendjemandem schon mal funktioniert?

Ich decke mich zu und spätestens, wenn ich mich das erste Mal umgedreht habe, wird aus dem Laken ein Seil. Am Morgen erlebe ich dann meine persönliche Version von Fifty Shades of Grey. Ich schaue zu meiner Freundin, die im Bett liegt, wie andere Leute im Sarg. Auf dem Rücken, die Hände gefaltet, das luftig-leichte Laken faltenfrei über dem Körper.

Ich kontrolliere mit Hilfe eines Spiegels, ob sie schon wieder atmet. Der Spiegel beschlägt und ich sage fröhlich:

»Guten Morgen.«

»Was sollte das eben mit dem Spiegel? Sag mal, findest Du das nicht ein bisschen merkwürdig? Selbst für deine Verhältnisse!«

Meine Verhältnisse? Was genau meint sie mit meinen Verhältnissen? Bin ich hier das ... *Wesen* oder sie? Aber ich kenne meinen Text:

»Toller Sommer, oder?«

Sie sieht aus wie frisch aus dem Ei. So kann man eben aussehen, wenn man jede Nacht stirbt – doppelte Lebenszeit.

Alex, 25.10.2015

Englisch blau

»Die Alex hat *heute* ein schön gebügeltes Hemd an.«
»Alex trägt doch immer gebügelte Hemden.«
»Hm ... naja.«

Hallo? Redet doch einfach über mich, als wäre ich nicht da. Sicher bügele ich meine Hemden. Nicht immer, aber immer öfter. Das Problem ist, dass ich kein Bügelbrett habe. Ich hatte noch nie eins. Als ich von daheim ausgezogen bin, war ich zu arm und meine Eltern hatten keins im Garten stehen, welches sie mir hätten abtreten können.

Ja, genau so bin ich auch an das hübsche Jagdgeschirr gekommen. Englisch Blau. Es gibt Dinge, die will man auch im Garten irgendwann nicht mehr ansehen müssen. Zum Wegwerfen sind sie natürlich viel zu schade, deshalb habe ich das jetzt. Warum auch nicht? Es funktioniert ja noch.

Hatten wir nicht neulich, ein gemütliches Beisammensein, mit Kaffee, Kuchen und dem Wedgewood Woodland Service? Meine Mutter hatte daheim tatsächlich noch die dazu passenden Servietten herumliegen. Das war doch großes Kino, oder nicht?

Ich werfe das auf keinen Fall weg. Wäre doch schade drum. Irgendwann habe ich einen Garten, dann

kann ich das Geschirr dort parken. Am besten zusammen mit dem alten Schrank, in dem es steht. Ich
habe Zeug hier, das ist so alt, dass es mittlerweile
wieder modern ist. Das geht soweit, dass mich wieder trauen kann, Besuch in die Wohnung zu lassen,
ohne mich zu schämen. Ich gelte jetzt als jemand
mit guten Geschmack! Es wird vermutet, dass ich
die Schränkchen im Retrokaufhaus für teures Geld
gekauft habe.

Jedenfalls, es war kein Bügelbrett bei den Sachen
dabei, die meine Eltern loswerden wollten. Deshalb
habe ich keins. Dafür habe ich Englisch Blau. »Möchte es jemand haben?« Niemand? Ja das dachte ich
mir schon.

Manchmal bedauere ich, keine Kinder zu haben.
Da hätte ich doch gleich ein schönes Geschenk zur
ersten eigenen Wohnung gehabt. Ach, was heißt
da Geschenk? Geschenke! Ich hätte meinen ganzen
alten Kram einer sinnvollen Verwendung zuführen
können.

»Die Alex, hat eine coole Wohnung.«

»Tolles Geschirr auch.«

»Aber sie hat kein Bügelbrett.«

Sie braucht auch keins, denn sie hat auch heute wieder ein schön gebügeltes Hemd an.

Alex, 28.11.2015

Champagner

Sonntags morgens in aller Frühe. Das Telefon klin-
gelt. Kein Problem für mich. Sonntagvormittags habe
ich Sprechstunde.
»Was?!«
»Hallo, ich bin's.«
»Du, toll. Ich bin's auch!«
»Also, ich habe ja heute Abend diese kleine Feier. Bestimmt habe ich davon erzählt?« Mit anderen Worten, ich bin nicht eingeladen.
»Hm-m«
»Ute wollte den Champagner besorgen, und das hat
jetzt nicht geklappt!«
Champagner? Jetzt bin ich dankbar, nicht eingeladen
worden zu sein.
»Wie ärgerlich.«
»Ja.«
» ... «
» ... «
»Bist du noch dran?« Sicher bin ich dran. Ich bin
dran und überlege, über was wir gerade reden. Das
heißt, über was wir reden ist eigentlich egal. Hier ist
das Lesen vom Subtext gefragt. Ich bin ja seit neues-
tem nicht nur mit Spracherkennung, sondern auch

mit einem Modul ausgestattet, das mir Untertitel ein-
blendet, und so antworte ich auf die nicht gestellte
Frage:

»Möchtest du, dass ich dir die Flasche Champagner,
die bei mir rumsteht, später vorbeibringe?«

»Würdest du das für mich tun??« Hatt' ich's nicht
grad gesagt? Hat sie denn keine Untertitel?

»Tu ich gerne.«

»Echt?«

»Ganz echt. Wie lange ist so was haltbar? Du möchtest den Leuten ja nicht versehentlich Essig eingie-
ßen.« Während ich rede, gleite ich in die Küche und
werfe einen Blick auf das Etikett.

»Es ist kein Haltbarkeitsdatum drauf.«

»Ach, sowas hält sich doch ewig.« Sie will ihn wirklich ...

»Ja, ich habe den aber auch schon ewig hier, plus der
36 Monate, wo er bei denen im Keller herumgelegen
hat.« Ich hatte mir die Flasche für eine besondere
Gelegenheit aufbewahren wollen. Nur für den Fall,
dass es mal etwas zu feiern gibt.

Ich lese vor: » ›Heidensieg brutal pervers‹, ist das
was?«

»*Brute Réserve.*«

»Kann also was die Plörre?«

»Ja.«

»Alles klar, dann bringe ich dir die Flasche später
vorbei.«

Beinahe bedauernd, schaue ich den Champagner an. Irgendwie war es nett, ab und an einen Blick darauf werfen zu können. Die Flasche als Repräsentantin für die schönen Dinge, die da kommen mögen. Falls sie denn dann kommen würden; mir vorzustellen wie es wäre, wenn ... Nein, diesen Traum werde ich lebendig begraben.

Es ist eins, einen Traum zu haben. Etwas anders ist zu träumen, was ich tun würde, wenn ein Traum sich erfüllte, den ich gar nicht kenne. Hätten Schweine Kreditkarten, dann würden sie sich keine Flügel wünschen. Sie würden gehen und sich Flügel kaufen.

Sie würden sich nicht hinsetzen und drauf warten, dass ihnen Flügel wachsen und dieses Wunder dann mit einem Schluck Fusel begießen.

Oder? Nein, wenn ich es mir recht überlege – so dumm wären sie nicht. Schweine wollen keine Flügel, Schweine wollen Schweinkram machen.

Alex 11.02.2016

Fax

»Müller-Schrumpf-Meierbär, Erd, guten Tag!« Am anderen Ende höre ich atmen und dann: »Hallo? Ja, also mein Name ist ... äh ... spreche ich mit einem Anrufbeantworter?«

Es vergeht kaum ein Tag, an dem ich das nicht gefragt werde. Meine Güte, rede ich so monoton? Kein Wunder, dass ich keine Freunde habe, kein Wunder dass mir nie jemand zuhört, kein Wunder, dass ... na, egal. Man muss die Karten spielen, wie man sie bekommt. Richtig? Heute entscheide ich mich dafür, das Blatt zu Ende zu spielen. Ich antworte also:

»Ja. Bitte fahren sie fort.«

Die Frau spricht weiter zu dem, was sie für einen Anrufbeantworter hält und klingt mittlerweile selbst wie eine Maschine:

»Guten. Tag. Ich. Hätte. Gerne. Einen. Termin.«

Spiegelneuronen in Aktion. Merkt sie, dass sie mich imitiert? Wie fühlt es sich an, eine Maschine zu sein, würde ich sie gerne fragen.

Kein Problem, sie kann kommen, wann sie möchte. Wir sagen noch »Tschüss« und da sagen die Leute immer, ich wäre komisch. Auf diese Weise bin ich am Telefon immer schnell fertig. Knapp und effizient, wie wir Maschinen halt so sind.

Heutzutage wird sowieso zu viel telefoniert. Jeder Mist wird telefonisch angekündigt, jede Kleinigkeit telefonisch nachgefragt.

Kürzlich rief jemand an, um nach unserer Telefonnummer zu fragen! Ich kenne unsere Telefonnummer gar nicht. Ich rufe mich selbst schließlich nie an.

»Was haben Sie denn gewählt?«

»52 52 31«

»Dann ist das unsere Telefonnummer.«

Kein Fax ohne vorherige Ankündigung.

»Hallo, ich wollte nur sagen, ich schicke ihnen jetzt ein Fax.«

»Is' gut.«

»Ich dachte halt, ich rufe vorher kurz mal an, nicht dass Sie sich wundern oder so!«

»Schon in Ordnung, da wundern wir uns nicht.«

Das ist ein Fax. Wir rechnen ständig damit, dass aus unserem Faxgerät Faxe kommen. Anders wäre es, würde der Kühlschrank anfangen Faxe zu drucken. Da wäre ich wirklich überrascht oder ... vielleicht auch nicht. Der Kühlschrank hat sich in letzter Zeit ziemlich merkwürdig aufgeführt.

Ich begreife nicht, warum ich wegen eines Fax ein minutenlanges Telefonat führen muss. Wahrscheinlich mangelt es mir einfach an Einfühlungsvermögen. Niemand hat jemals angerufen, um eine Email anzukündigen. Mails werden einfach verschickt und dann vergessen. Faxe werden besprochen. Es gibt die Ankündigungsphase und die Nachbesprechung.

»Müller-Schrumpf-Meierbär, Erd, guten Tag.«

»Hallo! Ich habe grad versucht, ein Fax zu schicken. Ist es angekommen?«

»Ja, es ist hier«

»Es ist ein Steuerbescheid.«

»Ja, alles klar, hier ist es *auch* ein Steuerbescheid.«

Mysterium Fax. Mag damit zusammenhängen, dass für Menschen meiner Generation, das Fax eine echte Neuerung gewesen ist. Das erste magische Gerät außerhalb der Dinge, mit denen wir aufgewachsen sind.

»Sind Sie noch dran?«

»Jo.«

»Also ich tu das jetzt in die Post«, *damit ich es auch habe*, führe ich den Satz gedanklich zu Ende.

»Damit Sie es auch haben.«

Alex, 08.05.2016

Dusche

Im Sport gibt es eine Gemeinschaftsdusche. Seit neustem ausgestattet mit einer Beleuchtung, wie sie auch meine Zahnärztin in der Praxis verwendet. Blaustichig und grell. Die Helligkeit ausreichend, um Gedanken lesen zu können.

Ich habe schon Tote gesehen, die nach drei Wochen in der Kühltruhe besser aussahen als ich in diesem Licht. Eine Zumutung. Will ich Depressionen, wenn ich an mir runter schaue, dann gehe ich zu Woolworth in die Umkleide und probiere einen Bikini an. Aber wer will das schon? Wessen Idee war dieses Licht?

Ich dusche nicht gerne in Gesellschaft, das sei schon mal vorab gesagt. Ich habe beim Duschen gerne meine Ruhe. Ich mag nicht beobachtet werden, während ich mich hinter dem Ohr wasche. Was ich vor allem nicht brauche, ist Konversation im Nassbereich.

Korrektes Verhalten meiner Auffassung nach geht so: Hereinkommen, vielleicht »Hallo« sagen, damit sich niemand erschreckt, dann die am weitesten von mir entfernte Dusche ansteuern, die Klappe halten und sich um die eigenen Angelegenheiten kümmern.

Aber so läuft es nie. Die Frauen kommen rein, stellen sich unter die Dusche gleich neben mich und fangen ein Gespräch an.

Während die Dusche sich füllt und alle durcheinander reden, bin ich die Einzige, die sich um ihren eigenen Kram kümmert. Ich versuche die Gespräche auszublenden bis: »Susi, hast du neue Brüste bekommen?« Was?? Was ist das denn für eine Frage und das nachgefragt im normalsten Tonfall der Welt. Unglaublich. Ich bin schockiert. Ich mag Susi. Witzige Frau. Tut mir echt Leid, dass sie sich so einen Mist anhören muss. Aber:

»Ja stimmt, gefallen sie dir?« Die Frauen reden jetzt alle durcheinander,

... darf ich mal gucken?

... man sieht gar keine Narben!

... die sehen aber toll aus!

... und so natürlich. (!!!)

Ich will nur noch weg. Keine Chance. Susi spricht mich direkt an: »Und Alex, wie findest du sie?« Jetzt schweigen endlich mal alle, warten auf meinen Kommentar.

»Ich habe die Brille nicht auf«, rede ich mich heraus und verlasse zügig den Duschbereich.

Susi folgt mir in die Umkleide. Stellt sich in meine Umlaufbahn. Steht da wie Jesus am Kreuz.

»So Alex, jetzt hast du die Brille ja wieder auf.« Nun gut, sie will es hören:

»Vorher haben sie mir besser gefallen. Sie waren

hübsch. Jetzt sehen sie unecht aus!«

»Himmel, ich habe 7000 Öcken gelatzt für die Dinger. Die sollen *nicht* echt aussehen!«

»Das ist so gewollt?! Schrecklich!«

»Irgendwie bist du Scheiße drauf heute«, sagt Susi, klingt aber nicht eingeschnappt.

Warum auch? Sie hat genau das gehört, was sie hören wollte.

Alex 22.06.2016

Olga Prizlwyszki

Die Arbeit im Steuerbüro bringt es mit sich, dass ich Einblicke in die verschiedensten Berufszweige bekomme. Heute hatte ich telefonischen Erstkontakt mit Olga Prizlwyszki.

»Schreibt sich das, wie es sich spricht?«

»In meiner Sprache schon.« Sie beginnt zu buchstabieren. Ich habe während meiner Laufbahn als Augenarztpatientin schon Sehtests vorgetragen, die sich leichter vorlesen ließen. Spricht sich aber einfach wie der *deutsche* Name Polanski aus.

»Bin ich Olga von der Wolga«, kommentiert der bezaubernde Kollege geistreich das Telefonat. Ja, schade, aber so wird man eben im Laufe der Berufsjahre.

»Was will sie?« Heißt, wer ist das und was macht sie.

»Sie hat ein Hotel, die Jugendquell-Hotel GmbH.«

»Ein Bordell, oh toll! Ein Bordell hatten wir hier noch nicht!«, freut sich der bezaubernde Kollege. Wie gesagt, im Laufe der Jahre kann es passieren, dass einige von uns ein wenig seltsam werden. Berufsrisiko.

Um sicher zu gehen, befragen wir die Suchmaschine. Die Gäste des Jugend-Quell Hotels sind keine Freier sondern Patienten. Es ist eine Klinik, aber kein Krankenhaus – es ist eine Wohlfühl-Oase. Eintreten und die Quelle der Gesundheit und natürlichen Schönheit entdecken. Selbstverständlich auch ein bisschen Geld dort lassen. Die Quelle will ja schließlich auch von etwas leben.

Kommerziell-ästhetisch-plastische Chirurgie also. Der bezaubernde Kollege ist begeistert. Seit er eine Brille wegen seiner Alterssichtigkeit tragen muss, hat er Angst vor dem alsbald herannahenden Tod und deswegen eine Behandlung mit Botox ins Auge gefasst.

»Alle haben jetzt Botox«, er schaut zu mir: »Sie sind die Ausnahme.«

Ja, den Eindruck gewinne ich langsam auch. Schlimmer noch! Mittlerweile kommen mir diese starren Botox-Gesichter normal vor. Darf ich überhaupt so bleiben wie ich bin und mich trotzdem mit mir wohlfühlen?

Alle wollen immer so einzigartig und unverwechselbar sein. Doch Individualität heute heißt nicht, anders als die anderen zu sein, sondern das Gleiche zu haben, nur besser. Fährt der Nachbar eine Ego-Vergrößerung, dann wollen alle anderen im Viertel auch eine – aber nicht so eine wie der Typ, sondern eine hochwertigere.

Wir studieren das Flugblatt der Klinik. Besonders gut gefällt mir der Absatz über das Leistungsspektrum:

Dass Gesundheit das höchste Gut ist, erfahren viele Menschen erst im Krankheitsfall. Dann ist eine optimale, auf den Einzelfall abgestimmte Behandlung unumgänglich. Um Krankheiten bestmöglich vorzubeugen und zu behandeln, nutzen wir die modernsten Verfahren der Medizin. Als da wären: Augenlidstraffung, Brustchirurgie, Haarentfernung und Intimchirurgie (...)[1]

Heute ist der Tag, an dem wir Dr. Prizlwyszki kennenlernen werden. Die Quelle betritt den Raum und nimmt Platz. Körperlicher Allgemein-Zustand: Runderneuert. Sie ist stein-glatt, wirkt reglos.

Aber sie hat wunderschöne Augen, solche mit Eurozeichen drin. Immer, bevor sie zu sprechen ansetzt, hebt sie leicht die Hand und senkt sie wieder, wenn sie den Mund schließen möchte. Sie kann blinzeln, aber sie blinzelt auf eine Art, bei der ich unwillkürlich ein Geräusch erwarte, *klick-klick*.

Ansonsten, gut aussehende Frau, wenn man Zombies mag.

Die Begeisterung des bezaubernden Kollegen ist auch Tage nach dem Termin nicht abgeflaut.

»Haben Sie die Stirn gesehen? Faltenfrei!«

»Neidisch?«

»Garantiert!!«

---

[1]Sinngemäß zitiert und gekürzt, aber inhaltlich nicht verändert.

»Botox ist kein Lebenselixier. Sie werden trotzdem bald sterben.«

»Ja, aber ich werde eine guuutaussehende Leiche sein.«

Ich stelle mir vor, dass Olga 3000 Jahre nach ihrem Tod exhumiert wird.

»Heee, das ist doch Dok Olga. Sie hat sich gar nicht verändert!«

Alex 17.07.2016

Boxershorts

Die Geschäftsleitung sieht es nicht gerne, wenn wir während der Arbeitszeit Radio hören, also bleibt uns nichts anderes übrig, als mit Gesprächen die Zeit bis zum Freigang zu verkürzen. Meine Kollegin eröffnet 7:59 die Unterhaltung:

»Ich habe dir doch von der Frau mit dem tollen Haar erzählt, die ich morgens immer in der Bahn sehe. Ich glaube, die ist eine Lesbe!!« *(Vielen Dank, für diese wertvolle Information über eine Frau, die wir beide nicht kennen.)*

»Woran merkst Du das?«

»Alleine schon die Art, wie die ihre Hosen trägt. Keine *normale* Frau würde ihre Hose so tief hängend tragen!«

»Ah!«

»Ich muss mal darauf achten, ob sie Boxershorts anhat.« *(Und vielleicht sollte sie auch darauf achten, ihr nicht so auf den Hintern zu starren, nur um even-tuellen Missverständnissen vorzubeugen.)*

»Was kümmert das dich, Interesse?«

»Woran erkennt man die denn sonst?«

»Lesben«, mischt sich mein Kollege Maurer ein, »habe ich auch schon welche gesehen, auf porn.com, da hatten die aber keine Boxershorts an.«

Genau, Lesben tragen Boxershorts und arbeiten in einer Autowerkstatt. Abends ziehen sie mit dem LKW los und drehen Porno-Filme – ohne Boxershorts natürlich. Einmal im Jahr dürfen sie raus, dann findet man sie auf dem Christopher Street Day, wo sie gemeinsam mit anderen Gestörten einen schlechten Eindruck machen.

Ich liebe solche Klischees. Machen das Leben soviel einfacher, also wenn man es sich einfach machen will, und gerade will ich das. Ich wende mich an meinen Kollegen, nicht den bezaubernden, sondern den anderen – den, der sich von jeglichem Verdacht vom anderen Ufer zu sein gefeit fühlte, bis er mich kennenlernte:

»Hübscher Nagellack, Herr Maurer. Steht Ihnen ausgezeichnet!«

»Das ist *kein* Nagellack. Das ist *ein* Nagelhärter. Ich habe Ihnen das schon erklärt!«

»Das weiß ich doch.« Mein Tonfall deutet an, dass ich das Gegenteil meine.

»Ich bin NICHT schwul.«

»Ich doch auch nicht«, sage ich und genieße die Schnappatmung des Kollegen.

Nein, Maurer ist nicht homophob. Er mag einfach keine Tucken, sonst hat er nichts gegen diese Leute. Ein entfernter Bekannter von ihm hat einen Freund, der jemanden kennt, der schwul ist. In Kombination mit dem Nagelhärter setzt er damit geradezu ein Zeichen für Toleranz und Homosolidarität. Nagelhärter, *nicht* Nagellack! Wäre es Nagellack, dann könnte es möglicherweise nicht zu weit hergeholt sein, sich die ein oder andere Frage zu seiner sexuellen Präferenz zu stellen, wenn man es sich einfach machen wollen würde, und bei uns im Laden wollen das alle.

Mein Chef, sowieso schon nervös seit er weiß, dass wir auch homosexuelle Mandanten haben, nimmt mich auf die Seite:

»Ist das Nagellack? Habe ich da eben Nagellack bei Maurer gesehen?!«

»Das ist kein Nagellack. Das ist ein Nagelhärter.«

»Sieht aber genau aus wie Nagellack.«

»Tut mir Leid, aber ich kenne mich da nicht so aus.«

»Ich doch *auch* nicht!« sagt mein Chef.

„Also, wenn Sie möchten, dann frage ich, wo er ihn gekauft hat.“

»Mich interessiert nicht, wo er ihn gekauft hat! Ich bin *nicht* schwul!« Das hatten wir bereits, aber gut, dass er nochmal darauf hinweist. Nicht, dass da noch Irrtümer aufkommen.

Mein Chef hat selbstverständlich auch nichts gegen Schwule. Er hat sogar einen eingestellt – versehentlich natürlich. Wie hätte er das auch wissen können? Der bezaubernde Kollege hatte beim Vorstellungsgespräch weder Nagellack aufgetragen noch einen Fummel an. Seitdem macht das Wort Homo-Office die Runde. Ja, das Leben kann grausam sein, wenn man es sich einfach machen will und sich dann andauernd rechtfertigen muss.

Ich gehe zurück in mein Zimmer. Der bezaubernde Kollege erwartet mich bereits.

»Sehen gut aus die Hände von Maurer.« Er betrachtet seine.

»Er nimmt Härter, ich könnte meine rot lackieren. Wir würden toll harmonieren! Was meinen Sie?«

»Ist mir egal.« *(Und ich an seiner Stelle, würde die Worte »Härter« und »toll harmonieren« nicht im gleichen Atemzug wie den Namen Maurer verwenden – aber das nur nebenbei überlegt.)*

»Ich könnte Ihre auch lackieren. Ich kann das gut!«

»Nein.«

»Bitte, bitte!«

»Nein, ich möchte das nicht.«

»Richtig, Sie sind ja nicht schwul!« Heißt, ich habe sowieso keine Ahnung von irgendwas.

Maurer betritt den Raum, anscheinend sind wir immer noch nicht durch mit dem Thema.

»Also, ich finde wirklich, ihr Jungs solltet euch mal alle nach Feierabend unten im Nagelstudio treffen. So richtig einen drauf machen, mit Gesprächen über Nagellacke und Härter. Ruft an, wenn ihr fertig seid, ich fahre euch dann mit dem LKW nach Hause.«

Alex 07.08.2016

Kinder

Ich wohne ja im Nordend, wo alles ein wenig anders ist. Hier finden sie Kinder total toll, so toll, dass sie deren Körpersprache imitieren: Sie laufen tapsig und sehen betont harmlos aus. Sie sprechen auch komisch, sie sagen »supaa« anstatt »super«. Erwachsene, die wirken wie die ältesten Kinder der Welt.

Die Eltern hier möchten den Kindern ein Vorbild sein. Verhalten sich wie etwas, das sie wahrscheinlich für das ideale Kind halten: weltgewandt und tolerant, Eigentumswohnung und Ortsbeirat. Aber eigentlich sind sie ja gar keine Eltern, sie sind die besten Freunde der Kinder. Sie nehmen ihre Kinder ernst, so ernst, dass die Kinder ernsthaft wirken und die Erwachsenen lächerlich.

Sie stehen gerne in Gruppen herum. Sie sind Lehrer, Rechtsanwälte, Architekten, manchmal machen sie auch etwas mit Licht. Sie trinken gerne Wein und sprechen den Händler im Laden um die Ecke mit Vornamen an.

Sie holen die Kinder mit dem Fahrrad vom Kinderladen ab und nehmen sie mit zur Eigentümerversammlung. Da können sie sich schon mal dran gewöhnen. Teile und herrsche! Richtig? Die Kinder haben volles Mitspracherecht, denn schließlich sind hier alle super-gleich.

Immer entgegen der Einbahnstraße fahrend, quasseln sie unentwegt nach hinten sprechend auf die Kleinen ein. Sie richten den Blick niemals nach vorne, das brauchen sie auch nicht, denn da, wo sie wohnen, wohnen sie verkehrsberuhigt.

Sie halten sich für vorbildlich und weiten ihre Vorbildfunktion gerne auch auf ihre Umwelt aus. Sie sprechen deshalb überlaut und extra-deutlich. Sie erklären den Kindern die Welt. Sprechen langatmig über Dinge, die sie selbst gar nicht verstehen. Sie sprechen einfach weiter, bis die Kinderaugen glasig werden und die kleinen Ohren bluten. Sie reden einfach immer weiter, denn sie hören sich selbst so gerne reden.

Sie ernähren sich bewusst. Sie schützen Ressourcen und natürlich sind sie dagegen, dass Tiere ausgebeutet werden. Sie achten auf gute Haltung und essen nur das Fleisch von Tieren, die den Freitod gewählt haben oder zu Tode gestreichelt wurden. Manchmal auch eine Kleinigkeit, die sie auf dem Weg zum Bio-Supermarkt, selbst erlegt haben. Das kann schon mal vorkommen, denn seit auch sie einen SUV besitzen, ist ihre Fahrweise deutlich rücksichtsloser geworden.

Die Kinder hier dürfen auch schon ganz viel für sich selbst entscheiden. Gehen sie mit den Kleinen essen, lesen sie ihnen die gesamte 17-seitige Speisekarte vor. Danach sprechen sie über die Gerichte, diskutieren den Nährwert. Vollkommen unnötig! Denn der Kinder erstes Wort war ›Bio‹.

Auch die Kleinsten hier wissen schon, dass ein Ausländer ein Immigrant ist, und Integration können sie nicht nur sagen, sondern auch fehlerfrei schreiben. Bloß leben können sie es nicht. Nicht hier, denn seit sie hier wohnen, leben sie unter sich.

Nun, nicht so ganz unter sich. Ein kleines Haus am Ende der Straße, in dem die Menschen noch zur Miete wohnen und unterbezahlte Jobs haben, leistet Widerstand.

Alex, 14.11.2016

Eule

Ich komme morgens nicht gut aus dem Bett. Während meiner Kindheit wurde ich nicht geweckt, ich wurde wiederbelebt. Um mich ins Leben zurückzuholen, brauchte es in der Regel sechs bis acht Versuche. Das waren Momente, in denen eine Patientenverfügung nicht verkehrt gewesen wäre:

Ich befinde mich aller Wahrscheinlichkeit nach im Tiefschlaf. Es sollte alles Menschenmögliche getan werden, meine Lebensqualität durch Verkürzung der Schlafphase nicht einzuschränken.

Meine Mutter rüttelte und rief. Sie nahm mir die Decke weg und schaltete das Licht ein. Sie brüllte und drohte. Mir war das durchaus unangenehm, dennoch konnte ich nach jeder ihrer Aktionen übergangslos wieder einschlafen. Da störten mich weder die fehlende Decke, das einschaltete Licht, noch das Radio. Nach jeder Störung zog es mich nur tiefer hinab. Ich hatte diesem Sog, zurück in den Tiefschlaf, einfach nichts entgegenzusetzen.

Irgendwann kam ich dann doch weit genug zu mir, um zu kapieren, dass ich meinen Körper aus dem Bett schaffen musste, wollte ich Schlimmeres verhindern. Desorientiert und frierend, setzte ich mich zunächst vor die Heizung oder in eine Decke gewickelt auf die Couch. Dass in einem wachen Körper auch ein wacher Geist wohnen muss, kann ich an dieser Stelle klar verneinen.

Meine Mutter ist eine Lerche. Wacht sie auf, ist sie wach und vor allem bleibt sie es auch. Sie hat kein Verständnis für die schmerzhafte Sehnsucht danach, wieder einschlummern zu wollen.

Mein Vater, auch eine Eule, hatte Mitleid und auch das notwendige Wissen. Er goss dem schlafenden Kind kaltes Wasser ins Ohr. Kein Schreien, kein Brüllen. So geht es doch auch – danke Papa …!

Eine derart perfide Aktion kann nur dem Hirn einer Eule, geschädigt durch jahrelanges Martyrium, entsprungen sein. Muss ich erwähnen, dass auch im Körper des auf diese Art geweckten Kindes kein wacher Geist wohnte, gar nicht wohnen wollte?

Die Schlummertaste ist in der Hölle erfunden worden. Einen Wecker mit Schlummerfunktion auszustatten, ist wie einem Verdurstenden eine Tasse mit gekörnter Brühe anzubieten. Grundsätzlich gilt: Alles ist besser, als die Qualen des Wachwerdens sinnlos zu verlängern.

Sobald ich den Wecker erstmals höre, was etwa eine halbe Stunde nach Einsetzen des Alarms ist, stehe ich unverzüglich auf. Die SchluTa zu drücken gibt es bei mir nicht, denn jedes erneute Einschlafen macht ein erneutes Aufwachen erforderlich.

Dabei bin ich keine Langschläferin. Ich schlafe

auch im Urlaub oder an den Wochenenden nie länger als bis 8:00. Obwohl ich den Schlaf dann freiwillig beende, bin ich zunächst mal zwei Stunden nicht in Form – warte auf den wachen Geist. Mich Morgenmuffel zu nennen wäre unzutreffend. Ich bin nicht muffelig oder schlecht gelaunt. Ich bin kognitiv eingeschränkt.

Mein Wachwerden ist durchgeplant. Es beginnt damit, dass ich am Abend zuvor die Entscheidung zwischen Radio und Piepton treffe. Radio ist angenehmer, Piepton zuverlässiger.

Will ich sicher gehen, wähle ich den Piepton – genauer gesagt, den Schrillton – und noch während der Einschlafphase gruselt mich der Gedanke daran, wie brutal ich gleich geweckt werden werde. *Gleich* deshalb, weil für mich, nachdem ich eingeschlafen bin, die Zeit ja stehen bleibt.

Dann kontrolliere ich die Weckzeit. Will ich um 9:00 im Büro sein, klingelt der Wecker um 6:30, die Lautstärke eingestellt auf höchste Stufe – weit außerhalb meiner Reichweite stehend.

Meine Nachbarn halten es wie viele frischgebackene Eltern es auch tun, sie schlafen wenn ich schlafe und stehen auf, sobald mein Wecker losheult. Manchmal klingeln sie auch, um mich zu bitten, den Feueralarm abzustellen.

Im Grunde meines Herzens tun mir die Leute leid, aber ich kann mir ja nicht selbst Wasser ins Ohr kippen. Das heißt, ich kann das schon, wenn ich wach bin. Ich bin aber nicht wach, das ist ja das Problem.

Wie es heißt, wird frühes Aufstehen mit den Jahren leichter. Wird es nicht! Wird es niemals! Der frühe Vogel ist mein Held, doch der späte Vogel fängt die Maus.

Alex 14.01.2017

Spieglein, Spieglein

Gute Augen zu haben, liegt nicht bei uns in der Familie. Ich bin weitsichtig. Ich lebe mit der Illusion, gut in die Ferne sehen zu können, seit ich auf die Welt gekommen bin. Beinahe genau so lange trage ich eine Brille. Ich habe es immer genossen, in die Ferne zu sehen. In der Weite liegen Versprechen, die Nähe niemals halten kann.

Ich hatte nie etwas dagegen, eine Brille zu tragen. Die Betonung liegt hierbei auf dem Wort, *eine*. Mittlerweile bin ich alt und brauche für jeden Buchstaben eine andere Brille. Vielleicht sollte ich mir einfach einen kleinen Rucksack anschaffen, damit ich die passende Brille immer bei mir tragen kann.

Ich habe eine Brille, angeblich für die Ferne, mit der ich kaum noch die andere Straßenseite erkenne, aber wenigstens noch ein bisschen Nahsicht habe, das ist meine Alltagsbrille. Eher eine Krücke als eine Brille. Ich sehe von allem ein bisschen was, aber Genaueres halt auch nicht. Damit komme ich ganz gut zurecht – ich habe schnelle Reaktionszeiten.

Des Weiteren brauche ich, um arbeiten zu können, eine Bifokal-Brille, die Nähe und mittlere Entfernung abdeckt. Bifokal ist wie im Käfig zu sitzen und sinnlos gegen die Stäbe anzurennen. Zwei winzige Räume, in denen sich die Augen nicht entfalten können. Bifokal zu tragen, ist wie in einen Tunnel zu gehen. Nun, es ist meine Arbeitsbrille, insofern passt es ja dann wieder.

Die Bifo sorgt dafür, dass mich die Kollegen für eine tolpatschige Bewegungslegasthenikerin halten. Freiwillig trage ich die nicht! Zum Lesen zu Hause verwende ich deshalb eine Verordnung vom Mai 93, an der ich besonders hänge. Was nicht heißt, dass ich damit noch besonders gut sehe – aber alles ist mir angenehmer als Bifokal.

Brille Nr. 4, meine neueste Erwerbung, ist eine Brille für die ferne Ferne. Heißt, ich werde künftig wieder bis zur anderen Straßenseite und weit darüber hinaus schauen können. Gut sehen zu können ist wundervoll, aber im Straßenverkehr nicht wirklich notwendig. Vermutlich würde ich den Heimweg auch ohne Brille finden können. Aber ich genieße es, wieder einen Blick in die Ferne zu haben. Das Ziel fest im Blick. Die Welt sieht aus wie blank geputzt, scheint heller zu sein. Die Farben sind wieder da und mit ihnen die pure Freude am Schauen.

Natürlich habe ich mit dieser Brille keine Nahsicht mehr. Na und, wer braucht die schon beim Radfahren? Ist etwas nahe genug, dass ich es nicht mehr erkennen kann, bin ich längst zu dicht dran. Entscheidungen über Richtungsänderungen werden in der Ferne getroffen.

Nein, es ist ja nicht so, dass meine Augen wirklich schlecht wären. Sehbehindert zu sein ist anders. Ganz anders! Das Problem ist eher, dass ich mich daran erinnere, wie es war besser gesehen zu haben. Immerhin habe ich die freie Entscheidung, ob und was ich sehen möchte und was nicht.

Am nächsten Morgen, befrage ich den Spiegel:

»Und wie seh' ich aus?«

»Entschuldige«, sagt der Spiegel, »mit welcher Brille möchtest du denn heute betrachtet werden?«

»Die für die ferne Ferne.«

»In dem Fall«, sagt der Spiegel, »ist alles rosa«

Ich merke schon, dass wird ein super Tag heute!

Alex 22.01.2017

Laterne

Endlich Feierabend. Das war nicht mein Tag, der meiner Chefin auch nicht - aber das ist Stoff für eine andere Geschichte. Für heute habe ich die Nase voll und beschließe, mein Leben keinen weiteren Gefahren mehr auszusetzen. Ich warte an der Ampel auf eine einladende Lücke im Verkehr oder auf Grün. Währenddessen erneure ich die Bekanntschaft mit einem Hund. Wir kennen uns kaum, feiern aber jedes Wiedersehen wie alte Freunde.

Treffpunkt Ampel. Erzwungenes Beisammensein. Manche kennt man, andere will man nicht kennenlernen. Heute fehlt der Mann mit Tourette, der mich immer beschimpft. Da steht die gehörlose Familie gleich neben der lärmigen Baustelle - vertieft in eine Unterhaltung. Der Rest der nur körperlich anwesenden Masse starrt auf ihre Smartphones. Dazwischen Leuchtpunkte wie die Hundedame oder die Frau, deren Lächeln mich an allen Tagen besser fühlen lässt. Ich wünsche mir einen Hund. Ich wünschte, die Frau wäre meine Freundin. Aber manchmal ist es besser, einander fremd zu bleiben.

Links von mir stehen Kinder mit Laternen. Weitere Leuchtpunkte. Als Kind habe ich den St. Martinstag geliebt. Es war wunderbar, im Dunkeln mit den Laternen zu laufen. Feuer und Licht. Behutsam gingen wir, setzten sachte die Füße auf. Den Blick konzentriert hüteten wir die kostbare kleine Flamme. Der Geruch echter Kerzen und der ein oder andern brennenden Laterne ist mir bis heute präsent. Am Ende der Reise gab es eine Brezel und etwas Heißes zu trinken. Schön war's!

Die Kinder singen: *Ich gehe mit meiner Laterne und meine Laterne mit mir. Da oben leuchten die Sterne, hier unten leuchten wir.*

Gedankenverloren schaue ich zu den Kindern. Zwei der Kleinen fangen an zu streiten. Ein Kind holt mit der Laterne aus und brät dem Schreihals damit eins über! Gefährlich! Mir stockte der Atem. Diese Anoraks aus recycelten Plastikflaschen sind ja nichts anderes als überteuerte Brandbeschleuniger. Schätze, das war nicht mit: »Hier unten leuchten wir gemeint.« Doch als es passierte, passierte nichts.

Die Kleine hatte keine Laterne. Genau genommen hatte kein Kind eine. Alle Kinder hatten einen LED Stab anstatt eines ehrlichen Lichts. Von klein auf daran gewöhnt, dass das Künstliche über das Echte geht, bemerken sie den Betrug nicht.

Die Ampel springt auf Grün. Die Herde zieht weiter, schleppt sich über die Verkehrsinsel bis hin zum nächsten Halt. Die meisten zu erschöpft, um noch zu leuchten. Wollen nur noch heim, um Kraft zu tanken für den nächsten Tag. Sind dennoch froh, noch einmal rasten zu können. Sie nutzen die Zeit, um ihre Nicht-Nachrichten zu lesen und nach ihren Nicht-Freunden in den nicht-sozialen Netzwerken zu sehen, die soviel echter zu sein scheinen als die wirkliche Welt. Wir alle starren hier auf LED, leben in der Illusion.

Endlich springt auch die zweite Ampel um. Die Herde geht jetzt schneller.

»Tschüss, bis morgen«, sagt völlig unerwartet die Frau mit dem schönen Lächeln.

»Ja«, sage ich und füge dann noch schnell ein: »Wir sehen uns!«, hinzu und meine es auch so.

Ich gehe mit meiner Laterne und meine Laterne mit mir. Da oben leuchten die Sterne, hier unten leuchten wir.

Alex, 12.02.2017

Richtige Männer

Meine Nachbarin sagt: »Heutzutage gibt es überhaupt keine richtigen Männer mehr.« Wir schauen Stockmann nach, der gut eingepackt in Funktionskleidung auf einen Sprung zum Bäcker geht, um sich eine heiße Schokolade zu holen. Der Bäcker ist im Nachbarhaus, aber man kann ja nicht vorsichtig genug sein.

»Schoki«, sagt meine Nachbarin, »wenn ich das schon höre. Früher da haben Männer Kaffeebohnen gekaut. Schokolade, das war nur etwas für Kinder.« Wir unterbrechen das Gespräch kurz, denn Stockmann kommt schon wieder zurück – ohne Schoki. Er hat nur vergessen die Mütze mitzunehmen.

»Kaffeebohnen gekaut, mit einem Glas Wasser runtergespült und dann ohne zu murren auf die Arbeit«, spricht sie in Stockmanns Rücken hinein. Der weiß sowieso nicht, um was es geht und fühlt sich nicht angesprochen.

Er hat andere Probleme. Das Wetter zum Beispiel. In seinen Räumen hat er eine Wetterstation installiert, die er stündlich checkt und mit den Meldungen verschiedener Nachrichtensender der Region abgleicht. Unvorstellbar, dass er das Haus in unpassender Kleidung verlassen würde.

»Kannst du mir erklären, wieso man sich überhaupt was anziehen muss, um quer durchs Haus und drei Schritte über die Straße zu laufen? Was ist bloß mit den Kerlen los?«,wendet sie sich an mich. Also, mich darf sie das nicht fragen. Ich müsste drüber nachdenken, aber dafür interessiert es mich einfach zu wenig.

»Warum ziehst du nichts an, wenn du kurz runter gehst?«, fragt sie mich. Ich will die Gräben zwischen den Geschlechtern nicht noch weiter vertiefen und antworte deshalb nur gedanklich: *Nun, weil mir ein bisschen Kälte nichts ausmacht – deswegen.*

Meine Nachbarin findet auch, dass ein richtiger Mann keinen Schirm verwendet. Ein Kerl prüft nicht die Wetterstation, bevor er die Wohnung verlässt. Er zieht festen Schrittes in die Welt hinaus, im Herzen den Plan, in Dodge-City für Ordnung zu sorgen, tut was richtige Männer so tun und lässt sich nass regnen.

»Warum nimmst du keinen Schirm, wenn es regnet?«, fragt sie mich. Ich bleibe weiterhin stumm, antworte nur gedanklich: *Zu gefährlich auf dem Rad – deswegen.*

Apropos Rad! Im selben Gespräch erfahre ich auch, dass Herr B. aus dem zweiten Stock sich jetzt ein Elektro-Rad angeschafft hat. Früher, also als es noch die richtigen Männer gab, fuhren sie eine Harley und wenn sie keine hatten, dann wünschten sie sich eine.

E-Rad, so die Nachbarin, ist was für Schirmträger, und was von der Sorte Mann zu halten ist, das wissen wir ja nun.

Was habe ich doch für ein Glück, dass mir die Nachbarin so gerne die Welt erklärt. Sie kennt den Unterschied zwischen ›richtig‹ und ›falsch‹ ganz genau.

Und sie weiß, wovon sie redet. Schließlich hat sie ein baugleiches Exemplar zu Hause! Ich frage mich bloß, warum?

Alex 28.02.2017

Bei Anruf Termin

Es gab Zeiten, da war es nicht Angst, die mich davon abhielt, zur Zahnärztin zu gehen. Ich war so sehr von der Rolle, dass Angst eine echte Verbesserung meines Zustands bedeutet hätte – ich war in Panik. Allein der Gedanke daran, einen Termin ausmachen zu wollen, erforderte monatelange innere Vorbereitungen.

Seitdem ich die Praxis gewechselt habe, gehören diese Rituale glücklicherweise der Vergangenheit an. Die neue Zahnärztin ist ein Engel; dort anzurufen stellt überhaupt kein Problem mehr dar. Ich brauche bloß einige Tage Zeit, mich an den Gedanken zu gewöhnen und informiere dann umgehend meine Kollegin:

»Helene, ich sollte mal wieder zur Zahnärztin gehen. Achtest du bitte darauf, dass ich sobald als möglich dort anrufe?!« Heutzutage hat Zeit nicht mehr die Qualität, die sie früher mal hatte, und so geht eine Woche ins Land.

Am Freitag erinnert Helene mich sanft: »Du wolltest doch …« Anscheinend hält sie mich für eines ihrer Kinder. Ich hatte das durchaus im Blick, aber es kam immer irgendetwas dazwischen. Sie weiß doch, was zur Zeit bei uns im Laden los ist. Freitags rufe ich ganz bestimmt nicht bei der Ärztin an. Das Wissen um den baldigen Termin würde mir das ganze Wochenende verderben.

»Darf ich dich am Montag nochmal ansprechen?« Natürlich darf sie, aber vielleicht nicht ausgerechnet am Montag, da habe ich abends etwas vor. Dienstag wäre die bessere Wahl – obwohl dienstags natürlich immer die Gefahr besteht, gleich beim ersten Anruf durchzukommen.

»Ich glaube, am Besten wäre es, wenn *ich* dort anrufe und den Termin ausmache«, schlägt Helene jetzt eine andere Tonart an. Ich sehe schon, es war ein Fehler sie zu bitten. Helene nimmt ihren Erziehungsauftrag so ernst wie ein Auftragskiller seinen Kontrakt.

Von jetzt an gibt es kein Zurück mehr. Jetzt geht es nur noch darum, auf Zeit zu spielen und die persönlichen Angelegenheiten zu regeln, so lang es noch geht – Stichwort Patientenverfügung.

»Wollen *wir* heute bei der Zahnärztin anrufen?«, fragt Helene am Dienstag. Wir? Wer ist denn wir? Ich und meine vielen Persönlichkeiten vielleicht? Nein, durch diese Hölle werde ich alleine hindurchgehen müssen, und das ist auch gut so. Dinge dieser Art tragen zur Charakterbildung bei.

Aber heute bei der Ärztin anzurufen? Ich weiß nicht; irgendwie ist mir gar nicht danach. Vielleicht wäre Montag doch die bessere Wahl gewesen. Montags nämlich, da rufen all die Hypochonder, denen am Wochenende etwas aufgefallen ist, bei den Ärzten an. Üblicherweise hängt man beim vergeblichen Versuch, an einem Montag jemanden in einer Arztpraxis zu erreichen, während der gesamten Sprechzeit in der Warteschleife. Schade, diese Chance ist vertan. Mittwoch will ich zum Sport, ich denke, ich rufe lieber Donnerstag an.

Donnerstag 8:15: Helene drückt mir wortlos den Hörer in die Hand und stellt sich drohend hinter mich. Ich weiß, wann ein Spiel verloren ist und füge mich in mein Schicksal:

»Hallo, ich hätte gerne irgendwann einen Termin. Es eilt aber nicht!«

»Nur zum Nachschauen?«, fragt die Helferin, ganz so, als ob ich mir das aussuchen könnte.

»Ja, ja klar, nur nachschauen«, sage ich ganz so, als ob ich ihr das glauben würde.

»Kommen Sie doch gleich heute 15:30 vorbei.«

Ich sehe schon, Mittwoch wäre bessere Wahl gewesen, da hat die Praxis nämlich nicht geöffnet.

Alex, 01.04.2017

Regelmäßige Mahlzeiten

Ich bin eher der hungrige Typ. Freiwillig lasse ich keine Mahlzeit ausfallen.

»Du weißt, dass wir heute Abend bei Maren eingeladen sind?!« Also, das höre ich eben zum ersten Mal, vielleicht habe ich es auch verdrängt.

»Wann?«

»Um Acht.« Was ist das denn für eine blöde Zeit! Normalerweise habe ich um Sieben bereits zu Abend gegessen.

»Sollen wir da nüchtern hinkommen?«

»Was?«

»Ich meine, hast du gefragt, ob es etwas zu essen geben wird?«

»Es wird schon irgendetwas geben.« *Irgendetwas* heißt, sie hat nicht gefragt. Sie vermutet es nur.

Mit anderen Worten, ich soll nur auf den bloßen Verdacht hin, vielleicht irgendwann *irgendetwas* zu essen zu bekommen, hungrig das Haus verlassen. Möglicherweise den ganzen Abend mit niedrigem Blutzuckerspiegel dahinvegetieren müssen, nur weil meine Freundin der Ansicht ist, dass man so etwas nicht fragt. Ich bin sauer und finde, sie kann da alleine hingehen.

»Sagte sie *Punkt Acht* oder eher etwas in der Art wie zwischen Acht und Neun?« ›Punkt‹ könnte darauf hindeuten, dass sie etwas vorbereitet hat, das nicht kalt werden sollte. ›Zwischen‹ deutet eher auf bisschen was zu knabbern und ein Steh-Pils hin.

»Ich bin mir ziemlich sicher, dass sie Punkt sagte.« Alles klar, ich erkenne eine Notlüge, wenn ich sie höre. Ich werde mir ein Brot mitnehmen.

Samstag Abend acht Uhr. Ich sondiere die Lage. Auf dem Tisch nichts außer Knabberkram – gerade genug, um zu verhindern, dass jemand ins Koma fällt, bevor die Leute endlich wieder heimgehen. Ich sage es nur sehr ungern, aber die Zeichen stehen auf Hunger.

»Schöne Küche und so sauber«, murmelt eine Frau, deren enttäuschten Magen ich drei Meter weiter noch knurren hören kann. »Und es riecht auch gar nicht nach Essen«, nehme ich ihr jegliche Hoffnung.

Wahrend Maren uns das Haus zeigt, verziehen die Hungrige und ich uns an den Rand der Veranstaltung und begutachten unser mitgebrachtes Schmuggelgut.

Wir haben zwei Brote, ein Brötchen, zwei Beutel schwarzen Tee, ein wenig Astronautenkost und eine Kiste Hundefutter im Auto. Das alles plus der Hoffnung zeitig hier wegzukommen, sollte reichen um uns über den Abend zu bringen.

»So, und hier ist unsere neue Sommerküche«, höre

ich Maren sagen. »Bitte setzt euch doch, das Essen ist bereits fertig.« Das ausgehungerte Rudel ist mit einem Satz am Tisch.

Ich spiele auf Zeit und nehme mir dann nur sehr wenig. Vielleicht hätte ich das Leberkäsebrötchen doch nicht essen sollen.

Alle starren jetzt auf meinen Teller:

»Ist das alles was du isst? Kein Wunder, dass du so dünn bist!«

Alex 14.04.2017

Kleider machen Leute

Ich weiß ein schönes Hemd durchaus zu schätzen. Bewundernswert, ja geradezu erleuchtet sind hingegen diejenigen unter uns, denen Kleidung völlig gleichgültig ist. In Zeiten wie diesen, in denen es gilt die Welt zu retten, gibt es wirklich wichtigere Dinge, als sich darüber Gedanken zu machen, welche Stoffe ein Mensch am Körper trägt – sagt Lena.

Wir waren die ersten 9 Monate unseres Lebens nackt. Genau genommen kamen wir nackt auf die Welt – jedenfalls einige von uns. Andere, wie der bezaubernde Kollege, wurden gleich in einer Kevin-Fein-Windel und damit harmonierender Handtasche geliefert. Als er ankam, fragte seine Mutter nicht: »Ist alles dran?« Sondern: »Ist alles dabei?«

Er selbst glaubt nicht daran, dass er geboren wurde. Er wurde designt und zwar von sich selbst. Ein Geschenk für die Menschheit.

Es ist klar, welche Art von Erwachsenem aus einem solchen Baby entsteht. Entweder wird es Stewardess oder Hobby-Einkaufsberater, Teil der schwulen Avantgarde oder das, was sich dafür hält. Eigentlich der einzige Mensch mit Geschmack auf diesem Planeten. Immer bemüht, die Masse anzukleiden, die es selbst ja schließlich nicht kann.

Er hat die Seele eines Modezaren, aber nicht das Talent, schon gar nicht das Können, aber das hält ihn nicht ab. Für eine hilfreiche Bemerkung in Sachen Stilfragen würde er sein Leben aufs Spiel setzen und tut es gelegentlich auch.

»Ärmelhalter – wirklich?«

»Manschettenknöpfe? Nicht Ihr Ernst!«

Er weiß alles über Frauen. Im Grunde ist er die Frau 2.0, denn er hat das, was die Frauen nicht haben, nämlich Stilgefühl. Er schätzt ein und bewertet. Ihm reicht ein Blick, um das Material nach richtig und falsch einzuordnen.

Ich zum Beispiel bin keine richtige Frau. Mir mangelt es an allem, was dazu nötig wäre. Ich sollte wirklich an mir arbeiten, dann könnte auch ich ein bisschen wie Barbie sein oder einfach ein bisschen Mühe in die andere Richtung investieren, dann könnte ich ein attraktiver Mann sein. Beinahe so toll wie er. Ich könnte alles sein, sagt er und wenn ich es dann bin, macht er mir die Haare.

»Barbie ist eine Puppe und Sie sind schwul«, informiere ich ihn. Was interessiert es ihn denn überhaupt? Ich denke, er steht nicht auf Frauen.

»Irgendjemand muss euch doch anziehen. Ihr könnt es ja nicht.« Ich kann und will das einfach nicht mehr hören!

Ich habe nie verstanden, warum ausgerechnet ein Mann, der auf der geschlechterbinären Skala, die

die Mehrheit der Gesellschaft bei ihrer Beurteilung zugrunde legt, gerade noch so als Mann durchgeht, die Dreistigkeit besitzt, Frauen in richtig und nicht richtig zu kategorisieren.

Er träumt davon, eine Miss-Wahl zu moderieren, wo er dann ungestraft und zur besten Sendezeit Frauen als Mädchen bezeichnen darf und Dinge sagen kann wie: »Also der Hintern von Desiree ist wirklich viel zu fett.«

Desiree ist 1,80m und wiegt beinahe 53kg, aber die hat sie wirklich nur am Oberschenkel. Die Zuschauerinnen sehen das natürlich sofort ein. Ich kriege einen Hals bei der Vorstellung, dass es Frauen gibt, die sich diesen Schuh auch noch anziehen.

Für Lena aber, sind das Geschichten aus einem anderen Universum. Sie hat den Röntgenblick, der den wahren Kern dessen, unter dem was darüber ist, enthüllt.

Kurz gesagt, sie achtet nicht auf Kleidung und genau das sagt sie mir jeden Sonntag, während sie mir in der Umkleide beim Anziehen zusieht.

»Ärmelhalter? Das ist doch total 30iger!«

»Manschettenknöpfe? Trägt man das denn heute wieder?«

Wie gesagt, Lena schaut nicht auf Kleidung, wofür ich sehr dankbar bin. Nicht auszudenken, käme sie mit den gleichen Sprüchen daher wie der Kollege.

Alex 07.05.2017

Röhrennudeln

Krankenhaus ist fies. Meistenteils kranke Leute, die über Krankheiten reden oder über das Essen.

Ich bin nicht freiwillig hier. In einem winzigen Moment der Schwäche haben andere für mich entschieden, was gut für mich ist. Bloß ist es hier nicht gut. Die Krankheit habe ich überstanden, jetzt bringt die Langeweile mich um. Es gibt hier einfach nichts zu tun. Sogar die Bakterien sind angeödet. Die jüngeren wandern ab und suchen sich neue Herausforderungen, die älteren bleiben und werden resistent.

Die Langeweile ist so schlimm, dass die Mahlzeiten den Höhepunkt des Tages darstellen. Mittagessen 10:30 und wehe wenn sie später dran sind, dann rotten wir uns zusammen und beschweren uns.

Es gibt eine Speisekarte: 5 Vollwertgerichte, 5 vegetarische Gerichte, 5 normale Essen. Alleine das Auswählen ist eine Freude; endlich mal Ansprache, endlich mal ein Gespräch, das nicht die Krankheit in den Vordergrund stellt:

»Sie gewählt?«

»Ja, ich hätte gerne den Fisch mit Curry-Sauce und Reis« Die Assistentin tippt es in ihren Computer. Da freue ich mich doch richtig auf den nächsten Tag!

Montag 10:35

Schon wieder zu spät! Ich öffne die Haube meines Tellers und ... ja genau! Es sind schon wieder die Röhrennudeln mit Bolognese. Das ist bereits der dritte Tag, an dem ich Röhrennudeln esse.

Dienstag:

»Sie gewählt?«

»Ja, ich hätte gerne das Gulasch mit Rotkohl und Klößen«

Und natürlich bekomme ich wieder die Röhrennudeln mit Bolognese. Ich kann mir kaum noch vorstellen, jemals etwas anderes gegessen zu haben.

Mittwoch:

»Sie gewählt?«

»Ich wähle nicht mehr. Ich bekomme sowieso immer die Röhrennudeln.«

»Und die nich' gut?«

»Doch, aber nicht die ganze Woche.«

»Warum Sie dann wählen?«

»Ich habe die nicht ... Also gut, ich hätte gerne die Bratkartoffeln.«

Und ja, bekommen habe ich wieder die Röhrennudeln.

Donnerstag:

»Waren Bratkartoffeln gut?«

»Das weiß ich nicht, ich hatte Röhrennudeln.«

»Sie nich' zufrieden?«

»Heute hätte ich gerne den Brokkoli, aber eine andere Beilage als Reis«

»Sie wollen Röhrennudeln dazu?«

»Nein!«

Freitag:

Ich versuche es mit einem anderen Ansatz:

»Ich hätte gern die Röhrennudeln.«

»Sie bitte entschuldigen, aber Röhrennudeln sind aus.«

Na bitte, geht doch!

Am Tag meiner Entlassung bekam ich einen Fragebogen zur Qualitätskontrolle, bestehend aus nur eine Frage, vorgelegt. Die Frage lautete: »Waren Sie mit unseren Röhrennudeln zufrieden?«

Alex 05.06.2017

Nur ein kleiner Salat

Kennen Sie die Sorte Menschen, die mittags gegen 14 Uhr 12 auf die Uhr schauen und ihre Umwelt dann wissen lassen: »Huch, ich habe den ganzen Tag noch nichts gegessen!« Soll heißen, ich bin zwar dick, aber bei mir liegt das nicht an der Ernährung. Natürlich nicht, ist klar.

Irgendwann gehen sie dann doch *schnell mal was essen*, Betonung auf schnell. Noch ein rascher Blick aufs Smartphone, auf dem um die Mittagszeit Freunde, Verwandte und Bekannte ihre Speisen fotografieren, um der Welt ein möglichst gelungenes Bild ihres mittäglichen Salates zu präsentieren.

Salat ist in meinen Augen nicht mal geeignet ein Hüngerchen zu stillen, geschweige denn einen Hunger. In den Augen der Salatfraktion offensichtlich auch nicht. Deswegen fotografieren sie ihn ja – damit das Auge auch mitessen kann. Kalorienfreier Genuss.

Wir haben im Büro einen »Süß-Schrank«, darin eine bestens sortierte Auswahl an Leckereien, ausreichend um ein gut geführtes Wasserhäuschen zu bestücken. Bloß schade, dass niemand bei uns nascht! Dieser Schrank ist eines der Wunder der Neuzeit, er leert sich von ganz alleine.

Die Salatesser schieben es einfach auf *den Dicken*. Ist doch klar, dass der alles isst, was da ist. Würde er sonst so aussehen? Bloß stehen die Salatesser auch ganz gut im Futter, schwere Knochen usw., aber sie naschen natürlich nicht. Sie finden, dass ein kleiner Salat reicht – also um die Zeit zwischen Gummibären und Kaubonbons gesund zu überbrücken.

Das ist dann natürlich kein Naschen, das ist eher nun ... ich weiß nicht, also es ist jedenfalls kein Naschen. Danach verklappen sie die verräterischen Papierchen in meinem Papierkorb, von wo aus Helene dann die Beweiskette lückenlos bis hin zu *meinem* Schreibtisch zurückverfolgen könnte.

Weil sich der Schrank vor allem leert und meist nicht gefüllt ist, wenn Helene und ich im Rahmen einer aufkommenden Migräneattacke dringend zwei-drei Riegel brauchen, haben wir uns einen geheimen Vorrat angelegt.

Wir horten die guten Sachen in einer leerstehenden Schublade – Buchstaben H-K die Schublade ist wegen eines Defekts außer Dienst und ein bisschen dankbar auf ihre letzten Jahre hin, noch einer sinnvolle Tätigkeit nachgehen zu können.

»Wo habt Ihr die Kekse her!?«, faucht uns einer der kleinen Salate an. Wir zucken unverbindlich mit den Achseln. Aus den Augenwinkeln sehe ich, wie sich H-K im Hintergrund freundlich öffnet, was Helene schnell unterbindet, indem sie einen Stuhl unter den

Griff klemmt.

»Ja, wisst Ihr denn nicht, dass Zucker das neue Nikotin ist?« Sicher wissen wir das, deswegen naschen wir ja. Puh, das war knapp! Ich finde wir sollten ein Wörtchen mit H – K reden, schließlich gibt es auch noch andere Schubladen, die froh wären ihre Stelle einnehmen zu können.

Von den gierigen Blicken der ständig Hungrigen verunsichert, die auf der Suche nach Beute die Räume durchstreifen, haben Helene und ich uns angewöhnt, wie früher während der Schulstunden zu essen. Augen überall, nur kauen, wenn niemand hinsieht, die Nahrung unter dem Tisch verborgen.

Das funktionierte die letzten Monate so gut, dass Helene unvorsichtig wird. Sie lässt ein Tellerchen mit den braunen Stellen und dem Kerngehäuse einer Birne, ganz offen rechts von sich auf dem Schreibtisch stehen. Einer der in den Räumen kreisenden Hungrigen, nimmt sofort die Witterung auf!

»Oh, das lacht mich aber jetzt an«, mit flinken Händen räumt er das Tellerchen ab. Knuspert das Kerngehäuse und die leckeren braunen Stellen einfach so weg. Er muss sehr hungrig gewesen sein.

Mitleidig lege ich das leere Papier eines Riegels an die selbe Stelle, was aber nicht angenommen wird. Er wäre satt, sagt er, denn er hätte ja erst eben einen kleinen Salat gehabt.

Also, ich persönlich würde ja nichts zu mir nehmen, was nicht mal ausreichend Heizwert hat um eine Rippe Schokolade zu schmelzen – aber gut.

Darauf einen Riegel! Helene und ich klatschen uns ab.

Ich öffne H – K, aber die ist leer. Ich wusste gleich, wir hätten sie nach dem Vorfall von neulich austauschen sollen.

Die Beweiskette führt lückenlos vom Papierkorb bis hin zu meinem Schreibtisch. Dort genau in der Mitte steht – ja richtig, ein kleiner Salat!

Alex 18.07.2017

Kommata

»Schreib doch mal wieder eine lustige Geschichte!«
Ja genau, warum schreibe ich eigentlich nicht endlich
mal wieder eine Geschichte?

Es mag daran liegen, dass ich jetzt Kommasetzung lerne anstatt zu schreiben. Menschen brauchen
Kommas. Kommas sind geradezu lebensnotwendig.
In manchen Fällen gar lebensrettend: »Komm, wir
essen Opa.« Manche Leute finden so was lustig. Merken Sie nicht, wie hier ein Komma Opas Leben ein-
schneidend verlängern könnte? Tja, also bei mir wäre Opa längst gegessen worden.

Kommas sind winzige Strichlein, die den Wortfluss
an den merkwürdigsten Stellen unerwartet unterbrechen, also unerwartet für mich. Meine eigenen
Texte kommatiere ich natürlich sinnvoll, da überrascht mich nichts – dafür aber meine Leserinnen.

»Wieso setzt du da jetzt ein Komma?« Keine Sorge,
das war nur eine rhetorische Frage, die ich sowieso
nicht hätte beantworten können.

»Hör mal genau hin, wie ich das jetzt lese …«,
sie liest vor und pausiert bei jeden Komma. Aber so
lese ich nicht. So spreche ich nicht einmal. Wer bitte
außer einem Grammatik-Freak oder einer Behinder-

tenbetreuerin betont derart? »... und du würdest es so vorlesen ...« Sie imitiert mich trefflich. Ja, aber genau so wird es gelesen! Das ist die Melodie, die ich beim Schreiben im Kopf hatte.

Ich verstehe es nach wie vor nicht, aber ich recherchiere im Netz und erfahre, dass es Regeln gibt. Ich lese die Regeln und verstehe sie nicht. Dann versuche ich, die nicht verstanden Regeln anzuwenden.

Den Test, »Gut schreiben Realschule 5. Klasse« bestehe ich mit Note Vier. Na bitte, geht doch! Auf der gleichen Seite erhalte ich auch den guten Rat, lieber kurze Sätze zu bilden – anstatt interessant zu erzählen.

Am nächsten Tag schreibe ich eine entzückende kleine Geschichte über Fido, Bibo und Hasi den Hasen, die sicherlich ein wenig schlicht geraten ist. Aber die Zeichensetzung - ein Traum!

»Du, deine letzte Geschichte hat mir gar nicht gefallen. Und übrigens, da ...«, sie zeigt mit dem Finger darauf, »hätte ein Komma hin gemusst!!« Ja, natürlich und immer mit zwei Ausrufezeichen hinter diesem mir so verhassten Satz. Und übrigens, niemand mag Besserwisser!! Auch mit zwei Ausrufezeichen gesprochen.

Was ich auch immer wieder gerne höre ist: »Warum kannst du das nicht, du liest doch soviel!« Ja, aber ich lese keine Bücher über Kommasetzung. Hätte ich vielleicht machen sollen, dann könnte ich jetzt Komma, aber keine Geschichten.

Frau kann eben nicht alles haben. Können Sie Komma? Ich kann es nicht. Vielleicht möchten Sie es mir erklären?

Wie, Sie kennen die Regeln nicht? Ach, Sie setzen die Dinger nach Gefühl?!

Entschuldigung, aber Sie können mir ja viel erzählen! Und übrigens, DA kommt ein Komma hin!!

Alex, 23.07.2017

Noch

Ich habe den Lebensabschnitt der ›Noch-Komplimente‹ und Bemerkungen betreten, gerne – aber
nicht zwingend in Kombination mit dem Wort *Alter* verwendet. Ein einer Wortgruppe vorangestelltes
›noch‹ dient generell als Einleitung für etwas, das
man nicht hören will, und ein Kompliment mit Einschränkung ist nichts anderes als eine höflich daher
kommende Herabsetzung.

Im Sport komme ich gelegentlich mit jüngeren
Frauen ins Gespräch. Gestern biete ich Susanne an,
ihr eine CD aufzunehmen. Sie bedankt sich und fragt
dann: »Aufnehmen?! Öhm Alex, sag' mal, wie alt bist
du denn eigentlich? Was, 54? Also, dafür siehst du
ja *noch* echt gut aus.«

Ja, als ich jung war, lebten die Dinosaurier noch
und wir hörten Schallplatten. Was meint sie in diesem Fall also mit, ›noch echt gut‹? Antik? »Hör mal«,
sage ich zu der Kleinen, »ich sehe auch für dein Alter
gut aus. Hast du keinen Spiegel zu Hause?« Ich bin
ja immer gleich so unfreundlich.

Für mein Alter wäre ich auch noch recht fit, die
Kinder werden nicht müde, es immer wieder zu erwähnen. Nun, das haben sie wirklich sehr schön

erkannt. Ich bin alt, nicht körperbehindert. Diese Winzlinge im Fitnessstudio stecke ich selbst an einem schlechten Tag noch in die Tasche. Manchmal tue ich das auch. Einfach so, nur weil ich es kann. Am nächsten Morgen brauche ich dann die Hilfe eines Krans, damit ich aus dem Bett komme, aber das nehme ich dann gerne in Kauf.

Alter kann ich heutzutage kaum noch schätzen. Teenager kommen mir vor wie 30-jährige und 30-jährige wie Zwölf. Manchmal unterhalte ich mich mit einer Frau; denke, dass ich gerade ein gutes Gespräch auf Augenhöhe führe, bis unverhofft eine Art innerer Radar anschlägt: Wie alt mag sie wohl sein? Ich löse das indirekt, indem ich frage: »Sag' mal, wie alt ist eigentlich deine Mutter?« Falls die Mama mehr als zwei Jahre jünger ist als ich, beende ich das Gespräch.

Auch die Augenärztin bemerkte beim letzten Besuch, dass ich für mein Alter eigentlich *noch* ganz gute Augen hätte. Was genau meint sie mit Alter? War das eine Diagnose oder eine mitleidige Bemerkung, die mich trösten sollte?

»Und Apropos noch! Ich schreibe Ihnen rasch *noch* eine weitere Brille auf.«

Herzlichen Dank! Habe ich erwähnt, dass ich mir mittlerweile einen kleinen Rucksack angeschafft habe, damit ich die passende Brille immer bei mir haben kann? Ach, das hatten wir schon? Ja gut, ich kann mir in letzter Zeit nicht mehr alles merken, was ich geschrieben habe – das Alter halt.

Meine Augenärztin ist 16, sieht aber jünger aus. Auch als ich neulich im Krankenhaus war, kann vom Personal niemand viel älter als 17 gewesen sein. Ich komme mir vor wie Gulliver, bloß bin ich gestrandet in der Kinderwelt.

Irgendwann nachdem die 16-jährige fertig war mit dem Herzkatheter: »Schönes Herz! Noch ganz gut für Ihr Alter«, stelle ich die entscheidende Frage: »Wo sind denn hier die Erwachsenen?«

Es gibt keine.

Erwachsen sein ist reine Fiktion. Erst bist du jung, so jung dass du zu jung für beinahe alles bist. Dann bist du *noch* ganz gut in Form. Dann tot.

Alex, 10.09.2017

Ansteckend

Manchmal wache ich morgens auf und bin krank. Der Hals tut weh, der Kopf ist genauso zu wie die Nase, aber vor allem tut der Hals weh. Ich bin eigentlich nie krank. Also was soll das mit dem Kopf, was ist das mit dem Hals? Vielleicht eine Allergie. Bestimmt ist es eine Allergie. Erstmal etwas essen. Schön eine Tasse Kaffee trinken und dann sehen wir weiter. Wahrscheinlich verschwinden die Symptome dann von alleine wieder.

Langsam bekomme ich miese Laune, vielleicht hat es mich jetzt doch endlich mal erwischt. Kann das überhaupt sein? Ich suche das Fieberthermometer. Kein Fieber. Natürlich nicht, ich bin ja nicht krank, die Nase ist verstopft weil ich gestern bei den Katzen war. Die Halsschmerzen kommen wahrscheinlich davon, dass ich geschnarcht habe. Schnarche ich überhaupt? Ich müsste mal jemanden fragen, bloß wen?

Nach dem Frühstück fühle ich mich eher noch schlechter. Ich beende die Phase der Verleugnung, zwinge mich den Tatsachen ins Gesicht zu sehen. Ich bin erkältet. Nachdem das nun geklärt ist, gilt es den nächsten Punkt abzuarbeiten.

Gehe ich arbeiten oder nicht? Ich könnte anrufen und absagen, zugeben, dass ich krank bin. Aber ach, solche Anrufe sind mir derartig unangenehm, da gehe ich doch lieber ins Büro.

Sicherheitshalber stecke ich eine Stange Papiertaschentücher ein und mache mich auf den Weg. Der frischen Luft gelingt es nicht, mich zu heilen. Meine Nase läuft wie ein Wasserfall, gelegentlich niese ich in die Belege der Schreinerei Mühlbach.

Manchmal halte ich beim Niesen auch die Hand vor das Gesicht und fasse danach so viel wie möglich an. Ich nutze einen unbeobachteten Moment und schiebe der Chefin mein infiziertes Telefon unter. Immerhin mache ich das Beste aus der Situation, wenn ich auch sonst nicht viel erledigt bekomme.

Endlich Feierabend! Jetzt, nachdem ich im Büro alle angesteckt habe, könnte ich wirklich mal zwei – drei Tage zu Hause bleiben. Ich will nicht darauf herumreiten, aber es geht mir wirklich nicht gut. Eigentlich will ich nur noch nach Hause und ins Bett fallen.

Doch zuvor habe ich, noch etwas zu erledigen. Ich gehe noch schnell beim Hausverwalter vorbei. Die letzte Nebenkostenabrechnung war Diebstahl und wenn ich schon mal krank bin, dann sollte ich die Gunst dieser ansteckenden Stunden auch richtig nutzen …

Alex 15.10.2017

Spontan

Es ist nicht so, dass ich nicht spontan sein kann. Ich bin sogar total spontan, wenn ich zuvor darauf entsprechend eingestellt bin.

Im Büro zum Beispiel verzichte ich oft darauf, Termine zu machen. »Kommen Sie einfach *spontan* vorbei.« Ist ein Satz, der oft von mir zu hören ist.

Auf die meisten Termine muss ich mich nicht vorbereiten, das mache ich so aus der Lameng und das mache ich ganz gut. Außerdem mag ich den Nervenkitzel, nicht zu wissen, wer vor der Tür stehen wird, wenn es klingelt. Leider weiß ich es in vielen Fällen auch dann nicht, wenn die Tür offen ist.

Meistens merken die Leute nicht einmal, dass ich keine Ahnung habe, wer vor mir steht, bis es mir gelingt, einen schnellen, unauffälligen Blick auf die mitgebrachten Unterlagen zu werfen. Sehe ich den Namen, bin ich auch im Bilde und kann gewohnt souverän agieren:

»Gut, Frau Stein ...«

»Hallo!? Ich bin der Vater!« Alles klar, weiß ich doch. Er bringt nur die Unterlagen und hat keine Zeit. Er steht im Halteverbot und/oder muss zur Ärztin, auf die Arbeit oder seinen Flug nach Irgendwo erwischen. Perfekt, schnell rein, schnell raus – so muss es laufen.

Mandanten kommen nicht gerne persönlich. Sie schämen sich wegen ihrer nicht geöffneten Finanzamtspost und schicken Freunde oder Fremde, die sie gut dafür bezahlen, oder enge Verwandte, die keine Wahl haben. Solche *Nicht-Termine* dauern selten länger als 5 Minuten und einen Anruf beim Finanzamt.

Weiß ich aber vorher, dass Mandanten kommen werden, ist alles anders. Ich suche die Akte, schaue mir das Vorjahr an. Gehe Helene auf die Nerven: »Die Königs kommen. Was die wohl wollen?« Woher soll sie das wissen? Helene kann nicht in die Zukunft schauen.

Also starte ich einen inneren Dialog. Nehme das kommende Gespräch und alle Eventualitäten vorweg. Bis die Leute eintreffen, bin ich durch. Die könnten sonstwas fragen, ich wäre gewappnet.

Aber nur um ganz sicher zu gehen, frage ich Helene: »Irgendeine Idee, was die Königs wollen könnten?« Hat sie nicht. Wie auch? Schließlich ist sie keine Hellseherin.

Also schaue ich mir auch noch das Vor-Vorjahr an. Ach, was rede ich; ich gehe die gesamte Akte durch. Jetzt weiß ich genug. Im Grunde könnte ich deren Lebensgeschichte – ausgedrückt in Zahlen – frei niederschreiben.

Naheliegend wäre, dass ich wissen sollte, warum die Leute einen Termin haben wollen. Schließlich habe ich das Telefonat, das zu diesem verhängnisvollen Termin führte, selbst geführt. So läuft das aber nicht. Die Leute rufen niemals an und sagen, was sie wollen. Sie täuschen andere Anliegen vor. Wünschen mir ein frohes neues Jahr oder fragen, wie es mir so geht.

Wird es fachlich, tun sie geheimnisvoll, winden sich, beantworten am Telefon keine direkten Fragen. Jaaaa, sie haben da ein Problem, zuuuuu kompliziert, es zu schildern und wollen einen Termin. Den Termin bitte sobald als möglich. Also sehr bald; eher umgehend als bald, denn es ist wirklich überaus dringlich.

Übersetzt bedeutet das nichts anders als: »Hilfe, ich habe Post vom Finanzamt bekommen, die seit Wochen ungeöffnet bei mir liegt. Jetzt bin ich zu sehr in Panik, als dass ich das noch selbst tun könnte. Bitte übernehmen Sie das für mich.«

Gerne, kein Problem! Das Wissen darum, wie ein Finanzamtsbrief geöffnet wird, ist Grundvoraussetzung, um zur Prüfung zugelassen zu werden.

»Schicken Sie einfach spontan jemanden vorbei.«

Alex 08.02.2018

Migräne

Migräne ist das, was passiert, wenn du eigentlich etwas anderes vorhattest.

»Und ich habe es mir doch so sehr gewünscht«, sage ich zu ihr.

»Na und«, sagt die Migräne, »was willst Du dagegen tun?«

Hätte es nicht ein schöner Abend oder ein wunderbarer Geburtstag werden können? Ist gut, ich habe verstanden. Die Intensität der Schmerzen und der Grad der Übelkeit lassen die ursprünglichen Pläne schnell vergessen. Wenn ausschließlich Ruhe und Dunkelheit das Leiden mildern können, dann wandelt sich die Enttäuschung über unerfüllte Wünsche schnell in Dankbarkeit darüber, dass es wenigstens im Haus ruhig ist.

Sie kommt, wann immer *sie* will, so oft, wie *sie* es will. Unberechenbarkeit ist ihr Spiel. Gelegentlich gefällt es ihr, mich den Schlag vorausahnen zu lassen. Sie tut all das nur, um mich zu quälen, denn *sie* weiß: Vorfreude ist doch immer noch die schönste Freude. So haben wir beide länger etwas davon.

Sie kommt auf einer nach oben hin offenen Skala von Übelkeit und Schmerz. Ich kann gar nichts dagegen tun. Bin ich mit ihr zusammen, ist die ganze Welt mein Feind und ich sterbe 1000 Tode im Licht.

Alles, wirklich alles, was eben noch gut und schön war, macht mich nun krank. Ich ertrage weder das Geräusch tröstender Worte noch den Geruch einer heißen Suppe.

Ich muss hier weg, ich werde vergiftet von der Welt.

Ich lege mich ins dunkle Zimmer, verharre bewegungslos ohne Hoffnung. Lausche den Variationen von pochendem Schmerz. Verliere mich in diesem Rhythmus. Überlebe in den Lücken innerhalb dieses Pochens. System jetzt nur noch auf Standby.

Ist es vorüber, sammele ich die Scherben ein. Mein Herz, ein kleiner Ball. Die harte Seite oben. Meine Seele zerfleddert, aber noch in Sichtweite. Sie mag nicht zurückkommen. Das verstehe ich.

Ich bin so müde und es leid meine Wunden zu lecken. Aber ich tue es trotzdem. Zuerst ist es nur Gewohnheit, dann ist es Trotz, dann kommt ein neuer Tag.

Alex, 30.03.2018

Klingel-Codes

Ich wünschte, ich könnte die Haustürklingel abstellen und übrigens, einmal schellen ist völlig ausreichend.

Es klingelt. Ich mag nicht aufmachen. Kleine Kunstpause, dann klingelt es nochmals. Immer zweimal, nur um sicher zu gehen! Ich bin nicht zu Hause, wäre ich zu Hause, würde ich die Tür nach dem ersten Klingeln geöffnet haben.

Ähnlich läuft es mit dem Telefon, es läutet 25-mal. Ich wohne hier zur Miete, das ist kein Palast. Wäre ich zu Hause, hätte ich ein Eis essen, dann in Ruhe zum Telefon schlendern und noch vor dem 20igsten Klingelton abheben können.

Gut, Schwamm drüber. Die 25 Mal kann ich noch verzeihen, nicht aber den nur Sekundenbruchteile später erfolgenden erneuten Versuch. Wie gesagt, immer zweimal, nur um sicher zu gehen!

Ich war eben nicht da und ich bin jetzt auch nicht da! Das heißt, ich bin schon daheim, aber mit Migräne im Bett. Also vielen Dank für den Klingelmarathon.

Aber schlimmer geht immer. Das Telefon lässt sich abstellen. Die Türklingel leider noch nicht. Im Haus mit der Nummer 29 in der E.-Straße kommen die Nachbarn gerne spontan vorbei. Klingeln mal kurz. Klingeln kurz in geheimen Codes, um genau zu sein.

Einmal, Kunstpause, noch einmal, bedeutet: Ich bin nicht sicher ob du daheim bist, will dich aber unbedingt sprechen und hoffe, dass es mir irgendwie gelingt, dich mit Hilfe von Gedankenkraft innerhalb der Kunstpause in der Wohnung zu materialisieren.

Besonders beliebt aber ist, zweimal kurz. Verallgemeinernd lässt sich sagen, zweimal kurz heißt: ›Ich bin's‹. Bloß, wer ist ich? Weil ich das nicht weiß, mache ich nicht auf.

Auch gerne gewählt wird die Variante, zweimal kurz plus klopfen. Ist klar, was das dann bedeutet: Ich bin's und ich stehe bereits vor Deiner Tür. Ja, ich weiß, das ist gruselig. Das könnte ja jeder sein! Aber vor allem könnte es die Nachbarin sein, die immer weiß, ob ich zu Hause bin oder nicht. Falls ich nicht öffne, holt sie die Polizei, den ärztlichen Notdienst oder beides.

Ich bin wirklich um Flexibilität bemüht, aber kann man einen Besuch nicht einfach vorher ankündigen? Und wenn ich »ankündigen« sage, dann meine ich anrufen und »vorher« bedeutet einige Tage vor dem Ereignis.

Doch was passiert? Die Leute stehen mit dem Handy in der Hand vor meiner Tür: »Ich bin's!« Zeitgleich die Türklingel – zwei mal kurz.

Ich bekomme Lust es selbst einmal zu probieren.

Einfach mal einige Treppen runter zu gehen und zweimal kurz zu klingeln – und tue es auch. Ich bin ein wenig aufgeregt. So etwas habe ich noch nie zuvor getan.

»Kling-kling.« Ich höre Schritte. Schwerer Fehler. Jetzt weiß ich doch, dass jemand zu Hause ist. »Schatz?!« Das höre ich gerne.

»Ich bin's.« Ich halte mich ans übliche Drehbuch.

Und eine Tür öffnet sich …

Alex 01.05.2018

Frühschwimmerin

Was machen Sie eigentlich am Sonntagnachmittag? Möglicherweise gehen Sie gepflegt in die Oper?

»Schatz, Sonntag kommt Tosca.« *Wer ist Tosca?* »Eine Schulfreundin von dir?«

»Nein, das ist eine Oper.«

Oper kannte ich bislang nur aus der Waschmittelwerbung und ehrlich gesagt, wollte ich auch nicht mehr darüber wissen. Nicht meine Welt, aber jetzt kenne ich eine Frau, die in die Oper geht.

Zu Beginn einer Beziehung, also vielleicht in den ersten 5 Tagen, wo es noch so scheint, als habe man eine Seelenverwandte gefunden, ist die Welt noch in Ordnung. Gemeinsame Gemeinsamkeiten werden gefeiert. Trennendes ignoriert.

Nach einer Weile kommen wir alle wieder zu uns und entscheiden, dass wir eigentlich für das geliebt werden wollen, was wir sind, nicht für das, was wir zu sein scheinen.

Das ist die Zeit der Offenbarungen. Das ist die Zeit, in der Dinge ans Licht kommen, die wir nicht für möglich gehalten hätten.

Meine Freundin ist keine Lerche, meine Freundin ist die Frau, die die Lerchen weckt! Anfangs dachte ich noch, dass sie einfach nur sehr spät zu Bett ginge. Was sonst hätte ich morgens um 4.00 Uhr annehmen sollen, als ich wegen der Geräusche im Badezimmer kurz aufgeweckt wurde?

Nie im Leben wäre ich auf den Gedanken gekommen, dass sie bereits seit einer halben Stunde munter und auf dem Weg ins Schwimmbad war.

Ich möchte nicht grausam sein, aber Schwimmbad trifft es nicht ganz. Freibad ist zutreffend. Freibad im Oktober, geöffnet ab 6:00, noch zutreffender. Tut mir leid, aber wir wollen hier bei der Wahrheit bleiben.

Ich schlafe wieder ein, schlafe schlecht, träume von einer Frau, die im Badeanzug eine geschlossene Eisdecke aufhackt. Ich thematisiere meinen Alptraum beim Mittagessen.

Spreche über unvereinbare Gegensätze. Wie das noch alles werden soll, wenn wir mal alt sind und darüber, dass das Wasser doch kalt ist.

Barfuß mit einer Axt am Pool, das könnte der Plot für richtig harten Lesestoff sein. Ich weiß wirklich nicht, ob ich dieses Bild jemals wieder aus dem Kopf bekommen werde.

»Das Wasser ist geheizt«, sagt sie. »Wir haben da Spaß.«

Also gut, ich versuche mir eine Gruppe gut gelaunter Menschen vorzustellen, die freiwillig mitten in der Nacht aufsteht, um auf diese Art Spaß zu haben.

Vielleicht sind Worte einfach nicht das geeignete Medium, um die Botschaft zu transportieren.

»Du, was sind das eigentlich für Leute, die Sonntagnachmittag in die Oper gehen?«

»Ach, beinahe alle *Frühbad-Schwimmer* waren da.«

Alles klar.

Alex, 06.05.2018

Urlaub

Urlaub zu Hause hat was. Da kann ich endlich mal in der Wohnung klar Schiff machen, möglicherweise den Elektroschrott zum Sondermüll bringen. Zur Zahnärztin könnte ich auch mal wieder, andererseits ist es bis Jahresende ja noch eine Weile hin.

Ich liebe diese Mikro-Urlaube von 5 Tagen, vor allem, wenn sie noch vor mir liegen. Die Bügelwäsche, der Hausputz und all die anderen unangenehmen Dinge, für die uns am Feierabend die richtige Motivation fehlt, können wir nun getrost liegen lassen. Das müssen wir uns in der Hektik des Alltags wirklich nicht auch noch antun, denn der Urlaub ist nahe.

Unter dem Strich führt das dazu, dass ich alles schleifen lasse und plötzlich viel mehr Zeit für mich und meine Hobbys habe. Wunderbar!

Schon bald ist es soweit. Endspurt im Büro, Überstunden, Hektik, Übergabe – geschafft! Und jetzt, jetzt geht es in vollem Galopp in die freie Zeit. Bloß ist Freizeit nicht voller Galopp. Freizeit ist langsam und erholsam.

Das Gedankenkarussell dreht sich weiter, während die Umwelt abrupt von Alltag auf Stillstand umschaltet. Inneres und äußeres Tempo korrelieren nicht mehr. Das auf Tempo ausgelegte System, das bis gestern noch akkurat funktionierte, gerät ins Trudeln. Wo Gedanken bisher durch Fliehkraft ordentlich ihre Bahnen zogen, purzeln sie nun übereinander. Nicht mehr sortiert. Migräne droht.

Der erste Urlaubstag verläuft noch friedlich. Die Gedanken haben noch nicht bemerkt, dass Urlaub ist, und so starte ich schwungvoll in den Tag. Wecker um 7:00, Frühstück, spülen, kurz durchwischen – das Nötigste eben. Es fühlt sich weniger als ein Urlaubstag an; eher als ein verlängerter Feierabend, und das ist auch gut so.

Am zweiten Tag schon, beginne ich zu schwächeln. Ich sitze nach dem Frühstück unmotiviert herum und entscheide, den Hausputz zu verschieben. Dann setze ich mich woanders hin und denke darüber nach, dass ich wirklich loslegen müsste. Dinge stehen an und sollten erledigt werden. Vielleicht wenigstens die Bügelwäsche? Nein.

War es nicht so, dass ich im Urlaub tätig werden wollte? Ich hadere mit mir und wechsle erneut den Sitzplatz. Stehe wieder auf und überlege, zum Sport zu gehen. Schon das Packen der Tasche überfordert mich beinahe. Schließlich habe ich Urlaub, aber wenn ich jetzt nicht in Gang komme, dann geht das den Tag über so weiter, und am Abend werde ich unruhig und unglücklich sein über den Tagesverlauf. Ich tue dennoch nichts und bin am Abend unglücklich und unzufrieden.

Es gilt das Ruder herumzureißen. Ich fordere von Freundinnen die Unterlagen für deren Steuererklärungen an. Kinderkram, aber besser als gar nichts! Am besten fange ich gleich morgen an. Ich spüre den Druck, die Lebensgeister werden wach. Ich schöpfe Hoffnung.

- Wecken um 7:00
- kleine Steuer erledigen
- Haushalt
- Freizeit!

Jetzt ganz sachte Punkt für Punkt ausschleichen. Erst das Wecken, dann die Steuer, dann den Haushalt liegen lassen, und das, was danach übrig bleibt ist ein wunderbar erholsamer Urlaub.

Alex, 21.07.2018

Streber

Wenn ich an Streber denke, meine ich damit nicht die schulisch Erfolgreichen mit den guten Noten, sondern die Fleißarbeiter. Ich denke an die Schüler, die während der Schulstunden einfach alles mitgeschrieben haben. Seitenlange Texte sorgfältig in ihrer nach links kippenden, runden Streberschrift *gemalt* haben.

Mir wird noch heute übel – nur bei dem Gedanken daran. Am besten war doch noch, wenn sie sich meldeten: »Sollen wir das mitschreiben?« Hallo!? Das steht alles im Buch, Ihr Vollpfosten! Aber hey, Christian kriegte gleich mal eine Zwei für seine rege mündliche Beteiligung und machte Abitur. Ich bekam eine Fünf in Betragen und ging nach der 10. Klasse ab. So trennte sich die Spreu vom Weizen.

Also nicht, dass hier Missverständnisse aufkommen. Es ist nicht so, dass ich diese SchülerInnen nicht mochte. Ich habe sie verabscheut. Heute älter, nicht weiser, aber vielleicht ein wenig reflektierter, frage ich mich: Warum eigentlich? Christian war vielleicht nicht die hellste Kerze auf der Torte, aber er hatte das System verstanden. War erfolgreich, weil er mit dem gearbeitet hat, was er gut konnte – nämlich schleimen. Ein bisschen Christian hätte auch mir nicht geschadet, fand meine Mutter.

Heute sind es die Kollegen, die nie ohne Stiftchen und Blöckchen in der Hand zur Chefin ins Zimmer rennen. Das sind die Kollegen, die nach einem Mandanten-Gespräch die seitenweise angefertigten Notizen nochmal ordentlich abschreiben. Ja, sie bleiben täglich gerne ein wenig länger für ein bisschen Lob und dem guten Gefühl, heute wirklich etwas geleistet zu haben.

Ich neige eher dazu, eine Steuererklärung zu erledigen, anstatt Gespräche zu archivieren. Aber was weiß ich denn schon?

Gut, ich gehe auch mit Blatt und Stift in eine Besprechung. Im Jahrzehnt des ausgelagerten Gedächtnisses geraten die Menschen schnell in Panik, wenn kein Medium zur Aufzeichnung in der Nähe ist.

Am Ende des Termins stehen auf dem Blatt dann, der Name, das Datum und die Telefonnummer. Manchmal zeichne auch etwas abstrakte Kunst, während ich zuhöre und nachdenke, anstatt das Hirn abzuschalten und mich aufs Schreiben zu konzentrieren. Was mich betrifft, kann ich nicht beides gleichzeitig.

»Ich hätte schon ganz gerne, dass Sie ein bisschen was notieren!«, mault die Geschäftsleitung. Ich halte den Zettel hoch.

»Ein bisschen mehr, wäre schon schön.«

Botschaft angekommen!

Während des nächsten Termins schreibe ich eine

ganze Seite voll mit Text. Rückblickend erinnere ich mich daran, viele Notizen gemacht zu haben. Ich erinnere mich sogar daran, was ich aufgeschrieben habe. An das tatsächlich stattgefundene Gespräch erinnere ich mich nicht.

So bin ich halt, immer gerne hilfreich, aber niemals erfolgreich.

29.07.2018

Buchungssätze

Kolleginnen sind genau wie Familie auch, Leute mit denen man eigentlich nichts zu tun haben will. Menschen, mit denen ich außerhalb der Anstalt einfach nicht ins Gespräch kommen würde. Das heißt nicht, dass es schlecht ist. Nach all den Jahren unter Haftbedingungen haben wir uns aneinander gewöhnt und gerade die Andersartigkeit kann sehr bereichernd sein.

Natürlich sind das keine Menschen, mit denen ich mich privat umgeben würde. Da ziehe ich eine klare Linie. Andererseits wissen Kollegen Dinge von mir, die Leute, mit denen ich mich in meiner Freizeit treffe, nie erfahren werden. Therapeutisches Arbeiten.

Es ist kurz vor einem 10ten, die Umsatzsteuern werden fällig. Wir alle machen Buchhaltungen. Hauen im Akkord Zahl um Zahl auf die Festplatte. Eine Arbeit, die auch ein dressierter Affe erledigen könnte.

Wir sind gut, in dem was wir tun. Die Affen würden leiden. Wir aber beherrschen den Trick, unseren Verstand zu teilen. Überlassen die Arbeit unseren Händen und schicken die Gedanken auf die Reise.

Gelegentlich unterhalten wir uns auch. Richtige

Gespräche, gesprochene Worte, keine Buchungssätze. Die Arbeit läuft dann nebenbei so mit. Untermalt vom Klicken flinker Finger auf den Zahlenblöcken der Tastaturen.

Manchmal behalten wir Dinge für uns. Manchmal entscheiden wir uns dafür, von diesen Dingen zu erzählen. Manchmal ist es einfach mal gut, einen Testballon zu starten. KollegInnen eigenen sich dafür bestens. Erstens können sie nicht weg, zweitens müssen sie höflich bleiben, weil sie nicht weg können.

Der Trick, ein Geheimnis zu erzählen ist, es möglichst beiläufig zu schildern. Wir wollen dem Kollegium ja nicht die Vorlage zu einem Aufschrei liefern. Was wir wollen, ist eine zweite Meinung.

Ich beginne und erzähle in epischer Breite über eine Liebe, die Jahre währte. Ich spreche über Freundschaft, Respekt und gemeinsame Spaziergänge. Ich spreche davon, wie es ist, diese Lücke nun füllen zu müssen. Ich spreche vom Tod meines Hundes.

Die Kollegen sind ganz Ohr. Dankbar für die Ablenkung, haben sie sofort auf Spracherkennung umgestellt.

Das Telefon klingelt, Maurer sucht eine Differenz und ich laufe zum Drucker. Das, was andere Leute vielleicht unter einem Gespräch verstehen würden, findet bei uns natürlich nicht statt. Doch ein einmal aufgenommener Gesprächsfaden geht selten verloren.

»Sie könnten einen Diamanten aus ihm pressen lassen«, teilt Maurer mir das Ergebnis seiner Überlegungen mit.

»Und ich könnte gleich mal bei Möllenberg nachfragen, was das kostet«, die Kollegin wie immer hilfreich.

Ja, schön, dass sich alle eingebracht haben! Von soviel Gefühlsduselei erschöpft, sind wir froh, uns wieder der Arbeit zuwenden zu können. Wir buchen Soll an Haben, so wie Buchungssätze eben gehen.

23.09.2018

Balkon

Erste Ausläufer zeigen sich bereits im Februar, aber so richtig beginnt es im Frühling. Die Nachbarschaft sitzt auf ihren Vorstellbalkonen. Ein Vorstellbalkon ist ein nachträglich einem Altbau vorgebauter Balkon – ein Vorbau sozusagen.

Eine selbst tragende Stahlkonstruktion, zu haben für rund 5000,00 Euro. Sieht schlimm aus. Der Altbau schämt sich, aber was will er denn machen?

Immer wenn ich ans Fenster gehe, sind sie schon da. Sie stellen ihre alten Möbel raus und hocken bis nachts bei funzeligen Lampen in der Kälte.

Abends grillen sie, nachmittags hängen sie einfach so herum.

Morgens wird der Tisch liebevoll eingedeckt und die Familie versammelt sich. Sitzt in Fäustlingen und warmen Jacken beim Frühstück, hofft auf die wärmenden Strahlen der Morgensonne. Sie verlassen den Balkon niemals geschlossen. Irgendwer hält immer die Stellung.

Es ist nicht so, dass ich dauernd aus dem Fenster schaue. Es ist so, dass ich dauernd am Küchenfenster stehe und rauche. Das ist natürlich nichts für Kinderaugen, deswegen müssen die Kinder dem Haus mit der Nummer 41 den Rücken zuwenden.

Die 41 ist im Viertel berüchtigt: Lesben, Türken, Raucher. Genaueres weiß niemand, denn wir haben keine Vorstellbalkone. Natürlich nicht, denn wir wohnen zur Miete.

Wir entziehen uns der sozialen Kontrolle, machen uns verdächtig, mit unserer merkwürdigen Angewohnheit, in den Wohnungen zu leben.

Immerhin haben wir Wohnungen und sogar ein Leben. Bei denen mit den Vorstellbalkonen bin ich mir da nicht so sicher. Sie sind nur dort, weil wir da sind. Existieren nur solange wir hinsehen, werden sinnlos, wenn wir wegsehen.

Manchmal gibt es zum Bild auch Ton, denn sie nehmen ihren erzieherischen Auftrag sehr ernst. Scheinbar zum Kind gesprochen, tatsächlich aber für die Galerie bestimmt:

»Ben-Maximilian, reichst Du mir bitte mal den probiotische Bio Joghurt im Pfandglas, den wir im Bio Supermarkt einer glücklichen Kuh abgekauft haben.« Ja, dieser Satz gefiel mir so gut, dass ich ihn gleich auswendig gelernt habe.

Oftmals stehen wir zu mehreren am Fenster. Schauen dem Leben der anderen zu. Diskutieren deren Tischmanieren. Fragen uns, ob es Opa auch warm genug ist nur mit der dünnen Decke.

Wir haben deren Kinder aufwachsen sehen. Natürlich immer mit dem Rücken zu uns, aber den Rest können wir uns denken. Wir sind aufmerksame Zuschauer!

Sie wissen, dass wir da sind. Sie spielen gerne vor Publikum. Das Stück heißt *perfekte Familie* und wenn sie es nur lange genug spielen, glauben sie vielleicht sogar selbst daran.

Alex 02.10.2018

Besserwisser

Georg hat sich einen MP3 Player gekauft. Nachdem er alle einschlägigen Journale studiert, alle Rezensionen gelesen und in sich gegangen ist, hat er sich für das teuerste Gerät am Markt entschieden. Im Laden führt er noch schnell ein informatives Gespräch mit der Fachverkäuferin, also informativ für die Verkäuferin, nicht für Ihn, denn er weiß jetzt alles über MP3 Player. Er könnte, wenn er nur wollte, sofort als Verkäuferin dort anfangen.

Frauen und Technik, Georg ist zu klug für solche Klischees. Georg respektiert Frauen. Er weiß, dass sogar Frauen etwas über MP3 Player lernen können, besonders dann, wenn Georg die Fortbildung leitet. Eigentlich sollte er Geld für solche Auftritte bekommen, anstatt welches im Laden zu lassen. Vor allem aber hat er nichts dagegen, seinen bunten Strauß wunderbaren Halbwissens mit einer Frau zu teilen. Das ist für Georg eine Frage des Anstands und des Respekts.

Nur gut, dass es kein Verkäufer gewesen ist. Das hätte Georg nicht ertragen. Er hätte ihn noch im Laden zu einem Wettpinkeln herausfordern müssen. Georg muss sich wirklich von niemandem etwas sagen lassen, denn er weiß alles. Ganz im Gegensatz zu diesem Besserwisser, der so tut als wäre er ein Verkäufer. Naja, wie gesagt: Nur gut, dass es eine Frau gewesen ist, die ihm das Gerät verkauft hat.

Sein erster eigener MP3 Player. Vor seinem inneren Auge sieht er sich schon mit erlesener Musik am Ohr in der Straßenbahn sitzen. Ach was, Straßenbahn! Künftig wird er überall und wann immer er das möchte, sein freudloses Leben mit depressiver Musik aufpeppen können.

Ich freue mich für Georg! Doch eine Woche später liegt der Player noch immer unangetastet auf dem Tisch. Ich bin entsetzt! »Warum ist das Teil nicht ausgepackt?« Ja, er ist noch nicht dazu gekommen, das Handbuch herunterzuladen.

Handbuch?! Ich hoffe doch, das er kein Handbuch benötigt um eine Verpackung zu öffnen. Man packt aus, schüttet die Teile heraus und dann mal sehen, oder? Man nimmt die Herausforderung an. Richtig, aber nicht Georg.

Georg wird sich der Verpackung nicht einmal nähern, bevor er nicht das Handbuch gelesen hat und zwar in verschiedenen Sprachen. Nur um ganz sicher zu gehen, wird er außerdem einen Kurs Mandarin für Anfänger belegen, um die Texte im Original studieren zu können. Man weiß ja nie. »Denn Übersetzungsfehler passieren ja schnell einmal«, sagt Georg. »Und wusstest Du überhaupt, dass Chinesisch eine tonale Sprache ist?«

Nein, aber ich bin sehr froh, dass ich es jetzt weiß. So ist das mit Georg, man gerät ins Plaudern und lernt fürs Leben, denn Georg weiß jetzt alles über Chinesisch. Mittlerweile denkt er laut über eine Karriere als Dolmetscher nach. Auch das könnte er sein, wenn er nur wollte.

Selbstverständlich weiß er auch alles über Handbücher. Vielleicht schreibt er sogar selbst mal eins. Möglicherweise bekommt er sogar den Literatur-Nobelpreis dafür.

Und irgendwann, wenn er zwischen all seinen Projekten die Zeit dazu findet, wird er auch mal den MP3 Player auspacken.

Alex, 21.10.2018

Geträumt

Während ich schlief, träumte ich dass ich träume.

Günther Jauch durchquert mein Zimmer.

»Ist das noch Fernsehen?«

»Nein, das ist echt«, antwortet er.

Was macht er hier? Er geht wieder. Es ist etwas passiert, die Welt ist gekippt. Tritt durch den Fernseher nach außen.

Ich stehe auf, verlasse die Wohnung. Im Treppenhaus viele Leute. Seltsame Menschen. Wer ist echt? Wer ist noch Mensch, wer ist Illusion? Die Illusionen behaupten, echt zu sein. Ich rede mit den Leuten im Treppenhaus, besuche Wohnungen, versuche Menschen zu finden. Echte Menschen. Menschlichkeit.

Es werden immer weniger, immer mehr verschwindet das Menschliche. Immer mehr gehen den einfachen Weg. Lassen sich blenden, schließen sich freiwillig den Zombies an. Sie schalten die Fernseher ein, starren auf ihre handlichen Monitore. Stehen vor den Spiegeln. Kümmern sich um ihre Optik. Verschwenden Gedanken, hören auf zu denken.

Häuser haben Macht bekommen. Die Wände beobachten alles. Noch gibt es einen Ausweg, wir könnten das Haus verlassen. Nicht mehr lange.

»Hörst du die Trommeln? Wenn das Schiff erst da ist, wird es keinen Weg nach draußen mehr geben.«

Ich weiß, dass das stimmt. Ich kann die Trommeln gut hören. Sie kommen näher. Ich spüre die Dringlichkeit, wende mich an taube Ohren. Rede mit Augen, die gebannt auf Monitore schauen, gefesselt an alles das, was so schön glänzt. Rüttele an diesen Blicken, um sie zu lösen. Es ist sinnlos.

Da ist ein Kind. Es zögert. Mag nicht in die Spiegelungen schauen. Wir verlassen das Haus. Wir gehen. Wir rennen nicht, auch uns verlässt jetzt die Kraft. Das Mainufer entlang. Kein Ziel. Erstmal nur weg von den Trommeln. Wir steigen in eine Straßenbahn, erkennen unseren Fehler. Auch hier gibt es Wände, die beobachten. Auch hier gibt es Fenster, die spiegeln. Wir wissen uns entdeckt, aber reicht die Macht schon soweit?

Schon bald steigen wir aus. Gehen wieder. Glauben entkommen zu sein, doch die Trommeln werden lauter. Sind wir im Kreis herumgeführt worden? Da ist das Haus, und da steht auch das Schiff. Noch ist es leer. Wir könnten es betreten. Wir könnten die Ersten sein. Es wäre so einfach.

Ich werde wach. Die Bilder weiterhin vor Augen. Wer war dieses Kind? Ich habe es kein einziges Mal angeschaut. Aber Kind, sollte ich dich jemals treffen, werde ich dich an deiner Stimme erkennen.

Alex, 18.04.2019

Spaghetti

Ich koche nicht gerne, deshalb bin ich dankbar, wenn jemand das für mich übernimmt! Grundsätzlich esse ich alles, was mir vorgesetzt wird. Ich kenne keine Nahrungsmittel-Tabus. Kann ich es irgendwie verdauen, dann kann ich es auch essen. Immerhin musste ich es ja nicht kochen. Konnte in der Zeit zum Sport gehen oder Chinesisch lernen.

Während die Frau in der Küche steht und sich Mühe gibt, bin ich unterwegs um mich zu amüsieren. Klingt jetzt irgendwie nicht so toll, gell? Tja, so bin ich eben; aber, viele Köche verderben den Brei und so. Vielleicht nicht alle Köche, aber die Küche ist ein besserer Ort, wenn ich woanders bin.

Heute gibt es Spaghetti. Für mich ist jedes Essen, das irgendwie mit Nudeln zu tun hat *Spaghettis*. Kaum, dass ich die Wohnung betreten habe:

»Essen ist fertig.« Ein Traum. Ausgehungert mache ich mich über meinen Teller her.

»Und?« Schmeckt gut! Es schmeckt immer gut, wenn sie kocht. Sie ist eine Meisterköchin, der alles gelingt. Es ist auch nicht angezeigt herumzumeckern. Vielleicht bekomme ich künftig sonst nichts mehr gekocht.

»Schmeckt es?«

»Ja superlecker! Vielleicht hätten die Spaghettis noch ein bisschen gekonnt, oder?«

»Das sind keine Spaghetti, das sind Linguine«

»Sie sind nicht durch!«

»Die sind al dente«

»Das macht doch nichts, nächstes Mal klappt es besser!«

»Der Kern ist mehlig, das soll so sein.«

»Die Tomatensoße schmeckt auch komisch.«

»Ja, das liegt vielleicht ein bisschen daran, dass keine Tomaten drin sind.« Es entsteht eine kleine Pause.

»Kürbissoße.« Das kommt jetzt irgendwie schmallippig. Jetzt ist der Zeitpunkt gekommen, an dem es besser ist zu schweigen und sich aufs Kauen zu konzentrieren. Das muss ich auch, die Linguine sind nicht leicht zu kauen. Sie sind ein bisschen flutschig, manche rutschen mir einfach so, unzerkaut die Kehle hinunter.

»Ich denke, das ist die Rache der Italiener, weil wir sie bei der WM 2006 rausgeworfen haben.« Das Sommermärchen, wir erinnern uns alle immer wieder gerne daran. »Nee, 2006 wurde Italien doch Weltmeister!«

Das stimmt natürlich und die Linguine sind auch nicht *knusprig* sondern *al dente*, wie wir Fachleute sagen würden.

Alex, 26.05.2019

Nachbarin

Die neue Nachbarin kann mich nicht leiden. Gut, das geht ja vielen Menschen so. Die meisten davon kennen mich recht gut und dann ist das eventuell verständlich.

Die Nachbarin jedoch kennt mich nicht, hat aber bereits eine Meinung. Mir ist es im Grunde gleich, was sie über mich denkt. Ich bin eher überrascht davon, dass sie überhaupt etwas denkt. Haben Leute wie sie überhaupt eine Meinung über irgend etwas? Menschen, die derartig mit ihrer Umgebung verschmelzen, dass sie unsichtbar werden, sollten keine eigenen Gedanken haben. Eigene Gedanken machen sichtbar.

Sie gehört der Haha-Fraktion an. Haha nicht als Lachen gemeint, sondern als soziales Geräusch eingesetzt. Soll heißen: Ich bin harmlos, eigentlich auch sehr nett, wenn auch sehr nichtssagend. Mir reicht es schon, wenn ich das Lachen höre. Das ist keineswegs nichtssagend. Es sagt, ich habe etwas zu verbergen.

Trifft sie mich, muss sie immer besonders viel lachen. Klar, trifft sie mich, muss sie auch immer besonders viel verbergen. Keine Sorge, sie lacht da alleine. Ich lache nur, wenn ich lachen muss; alles andere ist Zähne zeigen. Will ich das haben, dann gehe ich zur Zahnärztin.

Solche wie sie, kannst du auf keine Beerdigung mitnehmen! Was mache ich mir eigentlich Gedanken? Diese Frau wäre mir sowas von gleichgültig, wenn nur diese Lache nicht wäre. Bin ich zu Hause, höre ich sie lachen.

Die ist nicht harmlos, denn sie spielt mit verdeckten Karten. Nicht nur das, diese Sorte hat immer ein Ass im Ärmel. Du siehst es nicht kommen, weil das ewige Haha ablenkt, aber es wird kommen. Warum eigentlich? Warum ist sie nicht so, wie sie wirklich ist? Oder ist sie so, wie sie wirklich ist? Ist das deren Wirklichkeit? Ihre funktionierende Überlebensstrategie?

Überfreundlich klingelt sie gleich nach dem Einzug. Stellt sich vor. Bietet Hilfe an, falls ich mal etwas brauchen würde (haha). Hallo?! Sehe ich so aus, als hätte ich kein Salz zu Hause? Wirkt es so, als hätte ich keine Freunde, die mir mal die Blumen gießen würden, wenn ich im Krankenhaus bin? Gut, ich habe keine Freunde und auch keine Blumen.

Warum ist die so freundlich? Und vor allem, was kommt da als Nächstes? Eine Einladung in ihre Kirche? Nein, was kommt ist die Einladung zu einem Treffen der Hausgemeinschaft. Wir könnten uns doch mal zusammensetzen, uns alle mal richtig kennenlernen. Ich mache seit 10 Jahren die Steuer für die gesamte Nachbarschaft. Ich kenne die Leute wahrscheinlich besser, als die sich selbst kennen. Ich möchte das nicht!

Manchmal phantasiere ich davon, ihre Lache aufzuzeichnen und wenn wir uns dann im Treppenhaus begegnen, ihr einen Spiegel vorzuhalten: »Guten Morgen – haha.« Dann spiele ich die Aufnahme ab: »Guten Morgen haha – guten Morgen haha – guten Morgen haha.«

Witzig, oder?

Ich glaube, sie würde es nicht einmal bemerken.

Alex, 27.06.2019

Keine Zeit

Fahre ich von der Arbeit nach Hause, deaktiviere ich etwa auf Höhe der Ampel Ecke E-Straße den Sprachmodus. Fahre das System langsam herunter. Fällt mir nicht immer leicht, dann nochmal aus der Schiene herauszuspringen, aber es gibt diese Tage, und dann mache ich es möglich, weil soziale Begegnungen doch wichtig sind.

»Nicht immer nur Email Alex, richtige Gespräche in der richtigen Welt.« So wurde es mir nahegebracht. Ich bin keine Befürworterin von Gesprächen auf dem Heimweg, aber ich bin eine gute Schülerin. Ich höre zu, wenn sozial kompetente Menschen mir etwas erklären.

»Gundula! Hallo!« Ich freue mich wirklich. Wir haben uns ewig nicht getroffen.

»Äh ... Hallo. Du, ich habe gar keine Zeit!« Klar. Natürlich nicht.

Gerade kommt sie von irgendwo und da war es »total stressig«. Jetzt in diesem Moment müsste sie eigentlich schon da oder dort sein, und heute Abend ist sie eingeladen. Ach ja, vorher muss sie noch Blumen besorgen. Ob der Laden wohl noch offen hat? Wie es scheint, ist sie wohlauf. Sie eilt weiter.

Ich wollte nur »Hallo« sagen. Wieso glaubt sie, dass ich mich länger hätte unterhalten wollen? Das wollte ich nämlich nicht. Nur ein »Hallo« meinerseits und sie lädt in Sekundenbruchteilen kübelweise Mist auf mich ab, den ich gar nicht habe hören wollen.

»Lass uns irgendwann mal telefonieren!«, ruft sie noch über die Schulter zurück und weg ist sie. Wäre sie ein Comicfigur, würden wir Gundula jetzt an der Spitze einer Staubwolke davonstieben sehen.

Ich schaue ihr nach. Eben habe ich mich noch gefreut, jetzt fühlt es sich an, als hätte ich mich ihr aufgedrängt. Kein schönes Gefühl.

Einige Häuser weiter wohne ich. Bin gerade dabei, das Rad hinter dem Haus zu parken, da rückt Georg mir auf die Pelle. Ich hebe müde die Hand zum Gruß.

»Hallo. Du, ich habe gar keine Zeit.« Natürlich nicht. Sicher unterwegs in überwichtiger Mission. Das verstehe ich doch. Ich nicke nur kurz. Durch mein Schweigen ermutigt, berichtet er mir in epischer Breite von seinen Plänen heute und in den nächsten 4 Wochen. Kurz gesagt, Georg ist ausgebucht. Gut, dass ich jetzt Bescheid weiß.

Nur damit wir uns richtig verstehen: Ich stand hinter dem Haus. Georg hätte einfach zur vorderen Tür hinausgehen können. Mich zu behelligen, war unnötig. Mich damit zu behelligen, wie er seine Zeit einteilt und mir das Gefühl zu geben, ihm seine zu stehlen, war noch unnötiger.

Endlich in meiner Wohnung angekommen, rufe ich Emails ab. Eine Freundin schreibt, dass sie keine Zeit für ein Treffen hat, nicht diese Woche und auch nicht in der nächsten. Sie schildert die Einzelheiten und fragt, ob wir uns im September mal zu einem Kaffee treffen wollen? Also, bis September sind es noch drei Monate hin. Ich lösche die Mail. Soweit im Voraus plane ich in meinem Alter einfach nicht mehr.

»Keine Zeit« ist das neue Hallo. Es macht auch gleich das früher übliche »Wie gehts?« überflüssig.

»Keine Zeit!« rufe ich am nächsten Tag allen zu, die ich treffe.

»Keine Zeit!« tönt es zurück.

Alex, 19.07.2019

Neulich im Supermarkt

Carl, vier Jahre alt, brüllt. Er weint nicht, er brüllt. Carl mit C, nicht mit K geschrieben. Er sagt nicht, was er möchte, obwohl der das sicher bereits könnte. Carl ist hochbegabt, wie alle Kinder hier im Viertel. Wahrscheinlich könnte er seine Wünsche in vier verschiedenen Sprachen äußern, wenn er nur wollte, aber jetzt zieht er es vor zu kreischen. Keine Worte, nur das Geräusch.

Ich kaufe Tee, Carl plärrt. Ich gehe zur Tiefkühltheke und noch immer schreit das Kind. Ich bin noch nicht soweit, dass ich das Geräusch nicht mehr wahrnehme, aber langsam kann ich mir einen Einkauf ohne den ohrenbetäubenden Lärm irgendeines unzufriedenen Carls nicht mehr vorstellen.

An der Kreuzung Gemüse / Ecke Brotbackautomat kommen sie mir entgegen. Carl hat schon Beine, aber er muss nicht laufen. Er wird gefahren – da hat er auch mehr Kraft zum Schreien übrig. Seine ältere Schwester piesackt ihn ein bisschen, äfft ihn nach, nennt ihn ein Baby. Sympathisches Kind!

Ich hätte es nicht für möglich gehalten, aber Carl ist längst nicht am Limit. Er legt übergangslos noch eine Schippe drauf. Er wird lauter und dann noch ein bisschen lauter. Die Mutter sagt milde:

»Laura-Maria, hör' doch bitte auf, den Carl zu ärgern.«

Ach so? Jetzt ist Laura-Maria also an allem Schuld?

Ich liebe diesen Tonfall. Ich arbeite seit Jahren daran, ihn richtig hinzukriegen. Er muss inhaltlich unpassend, ungerecht in der Aussage, aber im Tonfall freundlich klingen.

Ich spreche mir Satz innerlich mehrmals vor, dann sage ich es halblaut vor mich hin, »... hör doch bitte mal auf«. Die Mutter bekommt das natürlich mit, aber sie tut das, was sie am Besten kann – nämlich weghören. Kein Wunder, dass Carl so schreit.

Die Mutter hat jetzt damit begonnen, dem schreienden Kind Brocken von Brötchen ins Gesicht zu stopfen. Ich weiß nicht, ob sie denkt, dass er Hunger hat, oder ob sie versucht ihn zu knebeln.

Ein Bild für die Götter: verschmiertes Gesichtchen, verknatschtes Brötchen, schmutzige Händchen, die aus Brötchen irgendetwas Ekelhaftes kneten. Ich lerne. Es lässt sich auch mit Brötchen sehr gut brüllen.

Ich habe die Nase gestrichen voll und gehe zu dem Kind:

»Was is' los?«

»Ni-ix«, greint Carl.

»Dann halt' endlich die Klappe!«

Wahrscheinlich völlig überrascht von der Tatsache, dass ihn endlich mal jemand gehört hat, kehrt Ruhe ein.

Carl, 4 Jahre alt und hochbegabt, weiß, wie der Hase läuft. Er hält seine Mutter für schwerhörig, und wenn er eines Tages groß ist und noch lauter schreien kann, dann hört sie ihn vielleicht auch.

Alex 16.09.2019

Geburtstag

Während ich als Kind eher das Gefühl hatte, viel zu selten bis niemals Geburtstag zu haben, kommt es mir heutzutage bald so vor, als ob ich mehrmals im Jahr Geburtstag hätte.

Es ist nicht nur der Klimawandel, auch die Zeit hat nicht mehr die Qualität, die sie früher einmal hatte. Tatsächlich aber fällt mein Geburtstag seit Jahren auf den selben Tag und genau das gibt der Sache eine gewisse Vorhersagbarkeit.

Leute, die man sonst höchstens mal auf einer Beerdigung sieht, oder auch Menschen, mit denen man nicht mehr gemeinsam hat, als den Tag über angekettet in der Galeere zu verbringen, könnten das Datum wissen. Ja, es gibt sogar Leute, die gravieren sich solche Daten auf die Festplatte.

Am nämlichen Tag kommt dann deren großer Triumph. Es liegt dann total überraschend eine Glückwunschkarte auf dem Tisch. Ich werde umarmt – auch überraschend. Dann der Höhepunkt: »Ja, ich weiß, dass Sie keine Blumen mögen, aber hier ...« Ein Strauß Blumen wird mir ungeschickt aufgedrängt. Ein echter Schocker!

Um das klarzustellen: Natürlich mag ich Blumen,

vor allem wenn das entgegengesetzte Ende der Blume in der Erde steht und nicht in einer Vase. Es ist eine Sache, gedankenverloren über eine blühende Wiese zu schlendern und eine ganz andere, Blumen zu guillotinieren und ihnen dann beim Sterben zuzusehen.

Klar, ich habe Geburtstag. Das ist die Gelegenheit, mir unter dem Deckmantel von Fürsorglichkeit und gutem Willen, allen möglichen Mist anzudrehen. Vielen Dank an dieser Stelle auch für die Tasse mit der Aufschrift *Geburtstagskind*. Bitte das nächste Mal lieber Geld oder Buch-Gutscheine schenken.

Ich will hier nicht undankbar klingen. Tatsächlich packe ich gerne Überraschungen aus. Eine liebevoll eingepackte *Geburtstagskind*-Tasse zu bekommen ist weitaus besser als ein Geschenk mit Vorankündigung – wie etwa: »Wir schenken dir ein Bügelbrett, weil du eins brauchst.« Um das Maß vollzumachen, erfolgt die Übergabe nicht etwa am Geburtstag, sondern drei Wochen davor. »Damit das nicht ewig bei uns herumsteht.«

Den Blumenstrauß lasse ich zur Palliativversorgung im Büro zurück und eile nach Hause. Freue mich darauf, Emails und den Briefkasten zu checken. Wer hat an mich gedacht? Wer hat mir eine Nachricht hinterlassen? Wer hat sich die Mühe gemacht eine Karte zu schreiben? Ich hebe jede Geburtstagskarte eine Weile lang auf. Es ist schön zu wissen, nicht vergessen worden zu sein.

Zunächst feiert man jedes Jahr, später nur noch die runden Geburtstage. Irgendwann merkt man sich nur noch das Geburtsjahr. Das ändert sich erst wieder, wenn die Geburtstage dreistellig werden. Von nun an feiern wir alljährlich. Setzen ein strahlendes Zeichen für das Leben – mit Kuchen – groß genug für mehr als 100 Kerzen.

Alex, 18.05.2020

Cornern

Heute schon gecornert? Nie gehört? Auch gut! Aber sicher schon gesehen? Stichwort Matthias-Beltz-Platz, der kein Platz ist, sondern eine Verkehrsinsel im Herzen Frankfurts. Dort trifft sich das Volk seit etwa 2 Jahren zu einem preiswerten Bier im Dreck und der günstigen Gelegenheit, den Feinstaub der Friedberger Landstraße mit Hilfe der eigenen Lungen zu entsorgen.

In Zeiten von Corona und Kontaktverbot, geschlossenen Kneipen und der Notwendigkeit, sich kistenweise Alkohol per Lieferservice nach Hause schicken lassen zu müssen, eskaliert die Lage auch bei mir im Viertel. Nie waren die Straßen so voll, die Parks so gut besucht. Der Anlagenring, sonst nur für Hunde mit dringendem Bedürfnis interessant, wird zum Treffpunkt. Dort hocken die Leute auf Decken und Klappstühlen herum, trinken einen guten Wein.

Aber es sind ja nicht nur die Anlagen und Plätze, auch die Bürgersteige sind bevölkert wie nie zuvor. Nachdem jetzt alle ihre Wohnungen renoviert haben und noch der winzigste Garten aussieht wie ein Park, treibt die Langeweile das Volk auf die Straßen. Da stehen sie dann in Herden beisammen. Früher hätten sie geraucht, heute halten sie einen Becher in der Hand.

Bei mir gegenüber ist eine Art Café - also wenn es größer wäre, dann wäre es ein Café. Hatte auch in Vor-Corona Zeiten nur Raum für vielleicht zwei Personen; eine vollständig drinnen, die andere mit einem Bein auf der Straße – total gemütlich.

Dort holt sich das Nordend einen Kaffee im *Pappbecher* zum Mitnehmen, der später zusammen mit den leeren Hafermilch-Verpackungen auf der Straße landet. Bloß nehmen sie den Kaffee nicht mit nach irgendwohin, sie cornern.

Das bedeutet, sie bleiben alle an der Ecke und darüber hinaus in Gruppen stehen. Meistenteils auf meiner Straßenseite, der Sonnenseite. Da hocken sie dann auf den Simsen und Eingangstreppen und reden superschlau daher, über den Klimawandel und ihre Schüler – oh Entschuldigung, Schüler*Innen.

Die einstmals ruhige Straße ist bevölkert wie die Zeil an einem Donnerstagabend! Abstand halten ist kein Problem. Leute, die cornern, müssen sich nicht an die Auflagen halten und wir anderen können schließlich woanders hinziehen, vielleicht auf den Mond, wo die Mieten günstiger sind.

Sie hocken auf den Eingangsstufen, blockieren den Zugang ins Haus. Ich muss sie täglich verscheuchen. »Bitte halten Sie Abstand«, rufe ich an guten Tagen. Hatte ich einen fiesen Tag, schreie ich einfach nur herum. Die Reaktion ist immer die gleiche, ein gespielt milder Gesichtsausdruck.

Ich bekomme täglich, wenn ich heimkomme beinahe einen Nervenzusammenbruch vor Wut! Ich klingele dann bei Angela im ersten Stock und lasse mich weitschweifig darüber aus, dass draußen wieder die Cornerer sitzen.

Dann gehe ich auf den Balkon und kippe einen Eimer Wasser auf das unten cornernde Volk. Das tröstet mich dann ein bisschen.

Wenn Angela nicht daheim ist, dann kippe ich vom vierten Stock aus, aber das ist nur das halbe Vergnügen, denn wegen des Dachkendels sehe ich nie, ob ich gut getroffen habe ...

Alex 31.05.2020

Haushaltshilfe

Im Nordend glauben wir daran, dass alle Menschen gleich sind, also alle die hier leben. Menschen von außerhalb kennen wir ohnehin nur vom Hörensagen und aus den Nachrichten, obwohl wir manchmal auch mit der Putzkraft einige Sätze wechseln. Worte wie Mindestlohn, bezahlter Urlaub oder Anmeldung bei der Knappschaft fallen dann natürlich nicht.

Also, nicht dass hier Missverständnisse aufkommen. Selbstverständlich sind hier alle für den Mindestlohn und gegen Ausbeutung – solange es nicht sie sind, die es bezahlen müssen. Ich sage nur Waffengeschäfte.

Ich sage nur Kriege, die wir mit unseren Steuergeldern finanzieren. Das finden wir nicht gut, deswegen ist es nur angemessen, einen gewissen Betrag an Steuern zu hinterzie... also einzubehalten. Das ist quasi als Spende für eine gute Sache anzusehen.

Zu Jahresanfang kommen sie ins Steuerbüro geschlichen. Einen Pappkarton voller Belege über jede Briefmarke, die sie gekauft haben und jeden Besuch in der Kneipe des abgelaufenen Jahres. Jedes schmierige Stückchen Papier ist zig-mal gefaltet und keins ist gelocht.

1000-mal auseinander falten, 1000-mal lochen. Geschwärzte Thermopapierbons restaurieren – ein Jahr in der Hosentasche hinterlässt einfach Spuren. Irgendwann bin ich durch und habe drei Stapel:

1. Privat, ganz bestimmt nur *irrtümlich* in den Pappkarton geraten.

2. Ein Stapel, da werde ich nachfragen und mich anlügen lassen müssen

3. Der letzte Stapel, steuerlich tatsächlich relevant. Das ist der kleinste Stapel. Sie arbeiten ja nicht im Steuerbüro, aber glauben Sie mir, das ist die Höchststrafe.

Sehr schön ist auch der übergroße Stapel mit Bewirtungsbelegen. Die sehr hohen Restaurantrechnungen fallen überraschenderweise immer auf die runden Geburtstagen der Familienangehörigen, aber hey, sie haben ja einen ausgefüllten Bewirtungsbeleg. Grund der Bewirtung: *Hunger.* Sie sind ja so witzig – genau wie ich! Deswegen fliegen die Belege, datiert auf die runden Geburtstage, auch direkt in den Papierkorb.

In den Belegen liegt auch ›Nadia‹, eine hübsch ausgefüllte Quittung über gezahltes Schwarzgeld; drauf ein Klebezettel: »Haushaltsnaher Aufwand!!« Ja, das denken sie sich alles aus, während sie in ihren *häuslichen Arbeitszimmern* sitzen und Steuerbelege sortieren.

Das Geld, von dem nur sie glauben, es gespart zu haben, verprassen sie dann im überteuerten Bio-

Markt. Es ist halt so, dass man sich gelegentlich im Markt sehen lassen muss, um glaubwürdig zu bleiben. Ansonsten werden die Einkäufe natürlich von Nadia erledigt.

Während die Nordend-Elite ihren Latte im Pappbecher bei Enzo schlürft, wickelt Nadia die Oma, feudelt die Wohnung, behält das Baby im Auge, macht mit der Ältesten Hausaufgaben und bereitet das Essen zu.

Nadia wird ganz wie ein Familienmitglied behandelt. Das heißt: Sie muss für die Kammer, in der sie wohnt, natürlich keine Miete zahlen. Allerdings bekommt sie auch kein Gehalt, eher ein Taschengeld. Aber so ist das eben in einer Familie. Deshalb hat sie auch nie einen freien Tag – ganz genau wie eine echte Mutter eben.

Irgendwann verschwindet Nadia und mit ihr der Familienschmuck.

Anzeige bei der Polizei unmöglich. Abmeldung von der Knappschaft unnötig.

Alex, 17.07.2020

Freitagnachmittag

Es ist Freitag 14 Uhr 12. Wir haben die Köpfe unten und machen Affenarbeit. Mittlerweile sollte es sich herumgesprochen haben, das wir freitags ab 13:00 nicht mehr im Büro sind. Das heißt: Wir sind schon da, aber freitags arbeiten wir heimlich. Während die lästigen Mandanten denken, dass wir bereits daheim oder in der Kneipe sind, erledigen wir all die Arbeiten, für die uns in der Woche wegen der Mandanten die Muße fehlt. Normalerweise wäre also davon auszugehen, dass es ab freitagmittags keinerlei Anrufe mehr gibt. Das Gegenteil ist der Fall.

Das Telefon klingelt.

»Hast du dran gedacht, den Anrufbeantworter einzuschalten?«, fragt mich Helene.

»Ja.«

Das Klingeln hört auf und beginnt sofort wieder. Immer zweimal, nur um sicherzugehen.

»Unglaublich! Ich verstehe nicht, warum denen nicht alleine schon bei dem Versuch, uns freitags zu erreichen, der Arm abfällt.«

Erneutes Klingeln. Helene studiert das Display. Sie kann einfach nicht anders.

»Beachte es doch einfach nicht. Du ermutigst es

ja noch!«

Es hört nicht auf zu klingeln. Diesmal ist es die zweite Leitung, auf die kein Anrufbeantworter geschaltet ist. Ich beweise meinen guten Willen und hebe das Telefon ab:

»Müller-Schrumpf-Meierbär, Erd, guten Tag!«

»Hallo?! Ja, also mein Name ist ... äh ... spreche ich mit einem Anrufbeantworter?«

»Ja.« Nun entsteht eine kleine Pause. Die Person wartet auf den Piepton. Es kommt keiner. Wir legen beide auf.

Ich denke darüber nach, wie es eigentlich passieren kann, dass freitagnachmittags das Telefon häufiger klingelt als an jedem anderen Nachmittag. Mal unterstellt, dass niemand anruft, nur um sich die spannende Ansage anzuhören, bleibt es rätselhaft, warum die Leute es dennoch immer wieder versuchen.

Vermutlich wollen die Leute gar niemanden erreichen. Sie schieben den verhassten Anruf im Steuerbüro die ganze Woche vor sich her. Freitags sind sie dann innerlich so weit, dass sie die Nummer wählen können, suchen sich aber einen Zeitpunkt aus, von dem sie wissen, dass das Gespräch ins Leere laufen wird. Dann müssen sie auch nicht mit uns reden und wir nicht mit ihnen.

Vielleicht sollten wir freitags doch gelegentlich mal ans Telefon gehen – der abschreckenden Wirkung halber – denn wenn sich herumspricht, dass wir manchmal doch abheben, hören die Leute sicherlich sehr schnell damit auf, uns anzurufen.

Das Telefon hört nicht auf zu klingeln. Es ist mal wieder der Chef. Ich frage mich, ob er heute irgendwie Langeweile hat? Ich versuche hier zu arbeiten. Es ist Freitagnachmittag. Es sollte ruhig sein, das ist arbeitsvertraglich so festgelegt, stattdessen haben wir hier eine Telefonklingelton-Orgie. Ich hebe den Hörer ab:

»Was denn?«

»Alex?! Hast Du daran gedacht den Anrufbeantworter einzuschalten?«

»Ja.«

»Aber es klingelt andauernd.«

Künftig sollten wir es vielleicht so halten wie die Psychotherapeutenpraxis nebenan:

»Wir sind gerade in Behandlung. Sprechzeit täglich von 11.55 bis 12.00. Rufen Sie uns nicht an. Wir rufen Sie an. Bis dahin sagen Sie ›om‹. Atmen sie länger aus als ein. Diese Beratung war kostenfrei«

Alex, 19.07.2020

Stechmücke

Nach einigen Stunden im Garten sehe ich gerne mal aus wie ein Nadelkissen. »Komisch, also ich habe keinen einzigen Mückenstich«, sagt die Perle. Natürlich nicht, denn solange ich dabei bin, wird niemand außer mir gestochen. Ich bin hier die örtliche Mückentankstelle. Gutes Blut, ausreichend einen Schwarm gieriger Mücken zu versorgen. Im Garten trage ich Stiefel und dicke Strümpfe, trotzdem habe ich rund um die Knöchel Einstiche. Sie haben keine Rüssel so wie andere Tiere, sie haben Brecheisen.

Wenn ich Rüssel höre, dann denke ich an Elefanten, aber da gibt es einen wesentlichen Unterschied! Elefanten leben vegan, nicht auszudenken, wäre es anders. Eine Herde von denen könnte ein Familientreffen wirklich ruinieren und zum Nachtisch noch ein Fußballstadion aussaugen. Vor allem aber würde man es bemerken, wenn sie mit der Mahlzeit anfingen. Es käme nicht zu diesem Schockmoment morgens vor dem Spiegel, nachdem die am Abend zuvor unauffällig gesetzten Stiche eine Nacht zu reifen, Zeit hatten.

Aber Augenblick mal, vielleicht sind es gar keine Stiche. Vielleicht ist es ja etwas anderes. Etwas Gefährliches. Ein neues Virus oder so. Der Spiegel sagt jedenfalls: »Du siehst heute ziemlich gepunktet aus«, und drückt es damit noch vorsichtig aus. Ich rufe aus dem Bad in die Runde: »Kann man die Windpocken eigentlich mehrmals bekommen?« Nein, da sind sich alle einig.

Während ich die Beulen betrachte, fangen sie an zu jucken. Das ist auch so eine Besonderheit. Ein Stich, der bemerkt wurde, macht sich auch bemerkbar.

»Hallo Stich, ich sehe dich«

»Danke für den Hinweis«, sagt der Stich, »und jetzt jucke ich auch«

Ich rede hier nicht von einem einsamen, harmlosen Stichlein. Ich habe nie nur einen Stich. Ich spreche von der Sorte, die immer zu mehreren in kleinen Abständen gesetzt werden. Gerne sind es drei. Bilden zunächst ein hübsches Dreieck oder eine Linie. Die Künstlerin verschwindet, ohne sich zu verabschieden. So kann ich ihr gar nicht erzählen, dass diese mühevoll gesetzten Punkte innerhalb eines Tages zu einem großen verschmelzen.

Ich hoffe, dass ein Vogel sie frisst. Das bisschen Mücke ist ja kaum der Mühe wert, aber zusammen mit einem viertel Liter meines süßen Blutes ist das bestimmt ein netter Happen. Denken Sie daran, wenn sie das nächste mal eine Meise jubilieren hören.

Viele kleine Stiche weisen auf die Arbeit eines Profis hin. Bei anderen fragt man sich unwillkürlich, ob da nicht doch ein Elefant beteiligt gewesen ist.

Schon der Einstich wird dilettantisch gesetzt und tut weh. Innerhalb von Sekunden schwillt der Arm an wie ein Ballon. Wortlos halte ich den Arm hoch und zeig ihn herum.

»Das sieht jetzt aber irgendwie nicht so gesund aus.«

»Gut«, sagt mein Vater, »du weißt natürlich nie, wo die ihren Rüssel vorher überall drin hatte.«

»Ähm«, rufe ich aus dem Bad, »weiß jemand wie Blutvergiftung eigentlich aussieht?«

Jeder scheint ein Hausmittel zu kennen, die alle eines gemeinsam haben: Sie helfen nicht. Es juckt so arg, dass ich kaum noch klar denken kann.

»Ist das bei dir auch manchmal so?«, frage ich meinen Vater.

»Alles was du hattest, hatte ich auch schon mal«, sagt der, »bloß schlimmer.«

Ach so? Ja, dann sollte ich vielleicht endlich aufhören, aus einer Mücke einen Elefanten zu machen.

Alex. 25.07.2020

IQ

Der gefühlte Durchschnitts-IQ hier im Viertel liegt bei 145. Selbstverständlich darf es auch ein bisschen mehr sein. Genau genommen haben wir alle ein bisschen mehr, aber wir heucheln Bescheidenheit. Stapeln ein wenig tiefer. Stellen uns manchmal sogar absichtlich dümmer als wir sind. Es soll sich ja niemand schlecht fühlen in unserer Gegenwart.

Wer die Fahrschule erst im vierten Anlauf und die Privatschule nur mit größtmöglicher Unterstützung privater Hilfswilliger und größeren monitären Gaben der Eltern irgendwie durchgestanden hat, wessen Nachhilfeunterricht mehr Wochenstunden als Schulstunden hatte, weiß wovon ich heute rede: Hochbegabung.

All das gibt es nicht geschenkt. Allein das pädagogische Spielzeug kostete schon Unsummen. Die Kinder sind im Kurs für frühkindliches Mandarin-Chinesisch, zeitgleich gehen sie zum Ballett und lernen kreatives Schreiben und Basteln. Ja, hier können schon die Kleinsten mühelos einen Beipackzettel wieder zusammenfalten. Wenn das kein Zeichen ist, dann weiß ich wirklich nicht …!

Natürlich haben alle Abitur. Das war kein Problem, Mutti und Vati haben oft mit den Lehrern und der Schultherapeutin gesprochen. Manchmal gab es auch einen Stuhlkreis und die Klassenlehrerin musste das Thema Ben-Maximilian mit den anderen Kindern bereden.

So konnte es kommen, dass Ben-Maximilian einmal in die Mannschaft gewählt wurde. Einen Tag lang durfte er sogar die Abstimmung »Welche Kuchen backen wir fürs Schulfest« leiten.

Er wurde niemals gehänselt, es gab keine ungerechten Noten oder schlechte Behandlung durch die Lehrer und wenn doch, dann nur einmal. Es reichte eine Andeutung zu Hause und schon wurden die besorgten Eltern in der Schule vorstellig. Ben-Maximilian und seinesgleichen haben niemals gelernt Mist zu bauen und mit den Folgen zu leben, wie wir anderen es alle mussten.

Sie leben im Paradies und wissen es nicht einmal, denn es gibt keinen Apfel der Erkenntnis. Auch dafür haben die besorgten Eltern gesorgt. So kommen die Kinder völlig reibungslos durchs System. Jetzt sind sie Akademiker und zwar alle. Drunter machen sie es einfach nicht.

Duale Ausbildung ist schon prima. Die Stütze unseres Landes, die ganze Welt beneidet uns darum, das ist schon klar. Aber nicht mit uns. Nicht mit unseren Kindern. Aus denen soll schließlich was werden. So haben auch die nutzlosesten Blagen Abschlüsse in nichtssagenden Studiengängen.

Wenn sie schon sonst noch nie irgendetwas auf die Reihe gebracht haben, so haben sie doch jetzt wenigstens einen Abschluss. Die Eltern wollten nur das Beste. Die Kinder sollten sich frei entfalten können. Sollten ihre Träume leben. Jetzt machen sie was mit Licht oder Farben oder so.

Sie wohnen weiterhin im Kinderzimmer oder mietfrei in der elterlichen Eigentumswohnung, weil die Welt noch gar nicht weiß, wie toll sie sind oder für was man sie brauchen könnte, diese merkwürdigen Studienabschlüsse.

Sie hängen fest in der klebrigen ›Wünsch-dir-was-Schleife‹. Sie haben keine Ahnung, was sie sich noch alles wünschen sollen. Meistens ist es ein weiterer Studiengang und danach dann noch ein weiterer. So sind sie wenigstens krankenversichert und von der Straße weg.

»Wo haben Sie denn studiert?«, werde ich häufig gefragt.

»Aus Ihnen hätte doch *auch* etwas werden können«, wird häufig zu mir gesagt.

Nun, ich bin schon etwas geworden, nämlich erwachsen!

Alex, 16.08.2020

Feiern

Ich bin kein Morgenmensch, aber natürlich muss ich mein Leben lang schon morgens aufstehen. Um das überhaupt möglich zu machen, muss ich zu einer halbwegs zivilisierten Zeit schlafen gehen, nämlich dann, wenn andere anfangen zu *feiern.*

Feiern in diesen Zeiten, heißt in Gruppen von mehreren 100 Personen aufwärts an öffentlichen Plätzen herumstehen, überlaut reden, überlaut lachen, überlaute Musik hören und vor allem viel Abfall hinterlassen. Das ist doch der Spaß schlechthin, oder nicht?

Manche gehen überhaupt nur deshalb feiern, um ihren Abfall in irgendeinem schönen Park oder Platz entsorgen zu können. Falls Sie gerade keinen eigenen Müll zur Hand haben, können Sie gerne den Abfall anderer Leute mitnehmen und verteilen. Das gilt auch!

Ist der Abfall ausgebracht, wird er kurz fest getrampelt und mit einigen Glasscherben gekrönt. Dann setzen oder stellen wir uns mitten hinein in unser kleines Königreich aus Dreck.

Jetzt fehlt nur noch ein wenig sinnloser Lärm. Dafür sind heutzutage kleine tragbare Lautsprecher zuständig, deren Reichweite jedoch verblüffend groß ist. Wichtig hierbei ist, dass die Lautstärke bis zum Anschlag hochgedreht wird und vor allem, dass jeder etwas anderes hört und keiner den anderen mehr versteht. Schließlich wollen sie sich ja nicht unterhalten. Was sie wollen, ist die Nachbarschaft soweit es irgend geht, zu belästigen.

Mich erfreuen immer ganz besonders die Bilder, wenn das THW eine solche Veranstaltung beendet: Es stellt seine Wagen dicht an den Rand der Feier und schaltet gleißende Scheinwerfer ein.

Alleine schon das befriedigende Geräusch, wenn das Licht angeht: »Wusch« und schon werden die ersten drei Reihen nur vom Lichtstrahl umgepustet. Wer stehen bleibt, braucht kein Röntgenbild mehr, das Licht geht durch die Körper wie eine Katzenzunge durch die Sahne. Jetzt kann man gut sehen, dass in deren Schädeln nur rudimentäre Gehirne vorhanden sind. Leider passiert das nur sehr selten, aber wenn es passiert, dann lohnt sich der Anblick – und er erklärt auch vieles.

Feiern heutzutage heißt, anderen Menschen, die morgens früh aufstehen müssen, obwohl sie keine Morgenmenschen sind, das Leben schwer zu machen.

Es heißt, einen Radiosender auf dem Dach des höchsten Hauses im Umkreis zu installieren und dort auf der Dachterrasse Partys zu feiern. Ja, das ist die *Best-Location-in-Town*, weil der Schall in alle

Himmelsrichtungen drei Häuserblocks weit trägt. Kurz gesagt, es ist im gesamten Nordend zu hören. Wenn die Maßeinheit für eine gelungene Feier in der Zahl der davon in der Ruhe gestörten Menschen besteht, dann gewinnt das Radio den Wettbewerb mühelos.

Ja, natürlich bin ich ichbezogen und rücksichtslos mit meinem Wunsch nach Ruhe und Frieden. Doch wir die Erwachsenen sind es, die morgens aufstehen, um das Geld zu verdienen, mit dessen Steuern die Infrastruktur finanziert wird, die die lieben Kinder dann feiernd zerstören.

Das Problem ist nicht, dass die Jugend feiern will. Erstaunlich ist nur, dass wir es ihnen gestatten. Wo sind überhaupt deren Eltern, warum sagen die da nichts, wenn Jonas voll wie ein Ofen, die ganze Nacht auf der Straße grölt? Weggezogen in ruhigere Gegenden wahrscheinlich.

Warum sind die Leute nachts rücksichtslos laut, während die Leute morgens rücksichtsvoll und leise sind?

»Feiernde, sagt mir doch, wo Ihr wohnt. Ich komme morgens gerne mal mit dem Laubbläser vorbei.«

Alex, 03.10.2020

Fotoalbum

Wann war es Ihnen das letzte Mal langweilig?

Im Zeitalter von Smartphones und Kabelfernsehen ein aussterbendes Gefühl, oder? Selbst das Warten an der Ampel kann durch einen Blick auf Fotos von Mittagessen anderer Leute oder geistreichen Anfragen wie: »Wo bist Du?«, gemildert werden. Es sind nur noch wenige, die das Warten an der Ampel oder auf den Bus ohne einen Computer in der Hand aushalten können.

Als ich noch klein war, gab es solche Tage häufiger. Tage an denen ich vor Langeweile glaubte, sterben zu müssen. Ich konnte noch nicht lesen. Alle Schallplatten mit Kindergeschichten kannte ich bereits auswendig. Wobei »alle« nicht bedeutete, dass es viele waren.

Hinausgehen konnte ich noch nicht alleine, also hing ich herum. War angeödet von allem. Hatte einfach keine Idee, wollte aber unbedingt eine haben. War getrieben, etwas tun zu wollen, wusste aber nicht, was ich wollen sollte. Irgendetwas wäre gut genug gewesen, doch die innere Quelle der Inspiration schwieg. Also holte ich mir Hilfe:

»Mama, mir ist ja sooo langweilig!«

Meine Mutter, hatte eine Idee: »Komm, wir schauen uns ein Fotoalbum an.«

In der mittleren Schublade im Wohnzimmerschrank lag es. Ein kleines, schön gebundenes Büchlein, drin die kostbaren Bilder, auf jeder Seite eins, getrennt durch ein dazwischenliegendes Pergamentpapier.

»Die Oma als sie jung war. Der Onkel Dieter als Kind. Der Opa in Uniform, dein Onkel Rolf als Baby.« Dazwischen vorsichtiges Umblättern und Verweilen. Durch ein solches Buch, scrollt man sich nicht lieblos mit 5 Bildern pro Sekunde! Man hält inne. Erzählt. Erinnert sich. Reist rückwärts durch die Zeit.

Es waren Schwarzweißfotos mit einem Stich ins Sepiafarbene, hatten Ränder mit Wellenschnitt. Die Aufnahmen zeigten ausschließlich Menschen, die ernst in die Kamera blickten, beinahe maskenhaft erstarrt. Niemand lächelte. Erinnerungen wie in Stein graviert.

Die Leute waren sich des Ernstes der Situation bewusst. Schnappschüsse waren noch nicht erfunden – die Belichtungszeiten lang. Jeder wusste, wie wichtig es war, dass dieses eine Foto gelingen musste. Ein seltsamer Gesichtsausdruck ließ sich erst nach Jahren wieder gutmachen, wenn überhaupt jemals.

Nächste Seite, nächstes Bild. »Das bin ich«, sagte meine Mutter.

Meine Mutter war einmal ein Kind! Älter als ich an jenem Tag. Vielleicht 8 Jahre alt. Ein weißes Kleid, zu kurz für die langen, ach so dünnen Beine, an den

Füßen grobe Lederstiefel. Auf dem Kopf, eine riesige weiße Schleife. Auch sie wirkte erstarrt. Ich schaute sie an, schaute genau hin, versuchte ihre damaligen Gedanken zu lesen und konnte es nicht.

»Was habt Ihr gespielt?«, fragte ich, jetzt nicht mehr gelangweilt. »Das weiß ich nicht mehr«, sagte meine Mutter. »Was habt Ihr geredet?«, auch das konnte sie mir nicht mehr genau sagen.

Sie wusste es nicht mehr!? Ich weiß noch, wie überrascht ich war. Das Konzept des Erinnerns, das Vergessen beinhaltet, war mir noch fremd. Ich hatte damals den Eindruck, dass ich mein Leben lückenlos hätte Revue passieren lassen können. Gut, es währte ja auch noch nicht lange. Drei oder vier Geburtstage, das ist durchaus überschaubar, gerade für ein Kind.

An diesem besonderen Tag habe ich mir vorgenommen, niemals auch nur irgendetwas aus dem Gedächtnis zu verlieren. Ich wollte mir alles merken! Ein jeder vergessene Tag im Leben ist verlorene Lebenszeit. Ich habe den furchtbaren Verdacht, dass wir solche Tage, die uns vorne fehlen, weil wir sie nicht erinnern, hinten nicht wieder dazugerechnet bekommen werden.

Aus diesem Grund habe ich kein Smartphone in der Hand, wenn ich an der Ampel warte. Ich sehe so aus, als würde ich mich langweilen, tatsächlich aber nutze ich die Zeit und schlendere durch die Räume der Erinnerung. Sichte die Archive.

Andere hingegen überschreiben die Geschehnisse eines Tages mit bunten Bildern. Ersetzen reale Erlebnisse fortlaufend durch Schnappschüsse von Mittagessen und nichtssagenden Kurznachrichten. Was bleibt von solchen Tagen, außer dem Wissen, ein Smartphone besessen zu haben?

Heutzutage bin ich älter als meine Mutter damals war. Ich habe einiges vergessen, aber ich erinnere mich an alles.

Wann war Ihnen das letzte Mal langweilig?

»Gerade jetzt, während ich diesen Text lese.«

Gern geschehen. Legen Sie ein Fotoalbum an!

Alex, 16.12.2020

Vor Weihachten ...

Endzeitstimmung ist dann, wenn alle die du kennst, sich nochmal extra freundlich von dir verabschieden. Sie sagen nicht einfach nur mehr: »Tschüs.« Sie sagen: »Sehen wir uns nochmal vor Weihnachten!?« Sie sagen das mit einem gewissen panischen Unterton in der Stimme. Sie sagen das, insofern sie Mandanten sind, die ihre Buchhaltungen quartalsweise abgeben – bereits im September. Was wiederum bei mir eine Angstreaktion auslöst:

Wie? Ist das Jahr schon wieder zu Ende? Die Zeit rast, nicht mehr lange bis zum Tod, und was soll ich mir dieses Jahr überhaupt zu Weihnachten wünschen? Aber nein, es ist doch erst September. Noch ausreichend Zeit, den Haushalt in Ordnung zu bringen und einen Termin bei der Zahnärztin zu vereinbaren. Jahresende ist seit Jahren erst am 31. Dezember. Innerlich seufze ich erleichtert auf.

»Ja also, frohes Fest und so«, sagen sie dann und, als wäre das nicht schon schlimm genug zu ertragen, folgt noch ein: »... und rutschen Sie gut rein.« *Also, ins neue Jahr und so*, ist damit gemeint, um im Jargon zu bleiben.

Es ist September, draußen tobt ein Azorenhoch.

Menschen außerhalb der Anstalt, die sich frei auf der Straße bewegen dürfen, tragen T-Shirts, während wir hier Weihnachtsstimmung aufgezwungen bekommen. Ich finde das irgendwie unpassend, nur um es einmal milde auszudrücken.

Gut, sie haben gesagt, was sie sagen wollten. Halbwegs sensible Menschen würden es dabei bewenden lassen und jetzt gehen, aber wir reden von Mandanten, und die müssen nicht sensibel sein – sie zahlen für die Zeit. Es geht gnadenlos weiter mit:

»Was machen Sie denn an Silvester?« Nichts. Ich mache nichts an Silvester. Ich hoffe auf ein gutes Fernsehprogramm und darauf, das die Ausläufer der wilden Partys in meinem Umfeld nicht meine Wohnung erreichen. Sollte sich diese Hoffnung nicht erfüllen, so habe ich Ohrenstöpsel vorrätig.

Silvester, alleine der Gedanke daran macht mich schon krank. Ich bin da wie einer dieser Hunde, die Tage vorher schon nervös werden. Wenigstens muss ich zum Pinkeln nicht nach draußen gehen. Allerdings versetzt man die Hunde nicht schon Monate im Voraus in Panik. Lässt sich jetzt schwer beurteilen, wer schlechter dran ist.

Doch jetzt ist es tatsächlich soweit, es ist Dezember geworden. Die Zeit der guten Wünsche.

»Moment noch«, rufe ich einer Mandantin hinterher, »wir sehen uns ja nicht mehr vor Weihnachten ... « Kleine Kunstpause, »... bitte nehmen Sie Ihren Belegordner noch mit.« Die Enttäuschung der

Dame ist mit Händen zu greifen.

Oben auf den Ordner habe ich eine schön geschriebene Weihnachtskarte gelegt mit den wichtigsten Stichpunkten zum Thema Jahresende:

Friedliche und schöne Feiertage und für das neue Jahr alles Gute und vor allem Gesundheit!

Alex, 22.12.2020

Mundnasenschutz

Grundsätzlich habe ich nichts dagegen, in diesen Zeiten einen Mundnasenschutz zu tragen. Wer etwas dagegen hat, ist meine Brille. Sie beschlägt. »Ja gut, dann sitzt die Maske eben nicht richtig«, bekomme ich dann gesagt. »Du musst die richtig aufsetzen, den Nasenbügel ordentlich herumbiegen.«

Klar. Ich biege den Nasenbügel, so dass die Maske lückenlos aufsitzt. Prima, jetzt ist die Nase hermetisch verriegelt. Ich muss durch den Mund atmen und die Brille beschlägt weiterhin. Das Problem ist einfach, dass ich gelegentlich ausatmen muss, selbst in diesen Zeiten.

Als Brillenträgerin ist man ja Kummer gewohnt, aber es erstaunt mich doch, wie weit man mit beschlagener Brille kommen kann. Im Grunde ist es durchaus ausreichend, Umrisse zu sehen. Ich steuere also den nächstgelegenen Orientierungspunkt an, die Ampel. *Die Ampel* markiert die Grenze zwischen dem Viertel der Akademiker hier und der übrigen Welt.

Selbstverständlich sind sie alle für das Tragen eines Mundnasenschutzes und das Einhalten von Sicherheitsabständen. Ja, sie würden sogar noch weitergehen und das streng kontrollieren! Corona ist ein Jahrhundertereignis und alle sollten sich entsprechend einbringen. Solidarität ist gefordert! Der Ortsbeirat hat das kommende Straßenfest dankenswerterweise bereits abgesagt. Hätte nie gedacht, das Corona auch etwas Gutes haben könnte.

An der Ampel warten bereits die Schlauberger:Innen aus dem Viertel ohne Mundschutz auf Grün. Nein, es ist natürlich keine Anti-Corona-Querdenker-Demo.

Es ist einfach so, dass Jogger grundsätzlich keinen Mundschutz zu tragen brauchen, während sie an der Ampel *nicht* stehen bleiben, sondern keuchend vor Anstrengung, in nagelneuen Klamotten, wichtigtuerisch von links nach rechts flitzen. Weniger um nicht auszukühlen, sondern mehr um von anderen bei der Selbstoptimierung gesehen zu werden.

Andere tragen einen Kaffee zum Mitnehmen in der Hand, den sie bei Lorenzo gekauft haben. Eine milde Gabe an die Gastronomie, die es in diesen Monaten bitter erwischt hat. Lorenzo rechnet den Pappbecher mit 6,10€ ab und bedankt sich ganz herzlich beim Virus.

Die Kaffeetrinker verzichten natürlich alle auf den Mundnasenschutz. Genau wie die Eltern mit kleinen Kindern, die sich laut unterhalten, das auch nicht nötig haben. Die Pflicht zum Tragen eines Mundnasenschutzes bedeutet nicht, die Maske über das Handgelenk zu struppen oder sonst irgendwie mit

sich zu führen, es bedeutet Mund und Nase zu bede-
cken.

Ich bleibe vorsichtig, halte Abstand, trage einen
Mundnasenschutz und eine beschlagene Brille. Mir
ist heiß und die Maske schiebt sich mir dauernd in
die Augen. Immer dann, wenn der Jogger an mir
vorüberzieht, halte ich sicherheitshalber die Luft an
und strecke ihm die Zunge raus – das ist das Tolle
an einem Mundnasenschutz, dass ich mich da jetzt
richtig ausleben kann.

Vielleicht wird es mich eines Tages erwischen,
aber auf gar keinen Fall möchte ich mit dem Virus
eines Joggers oder eines Kaffeetrinkers auf der In-
tensivstation liegen.

Wenn es denn sein muss, dann möchte ich, dass es
mich auf der Arbeit erwischt. Ich will in den Stiefeln
sterben – sozusagen.

Alex 21.02.2021

Spiegel

»Sag mal, wo hast du denn hier einen Spiegel?«

»Im Bad.«

»Im Bad??«

»Im Bad!«

»Da ist kein Spiegel, da ist nur ein Alibert«

Ein Alibert ist auch ein Spiegel. Ein kleiner Spiegel. Ausreichend, mein Gesicht zu sehen, falls ich mal ein Barthaar herauszupfen möchte. Aber meistens überlasse ich die Gesichtskontrolle meinen Mitmenschen. Das geht auch und erspart mir den Anblick.

Seit ich vor 6 Jahren umgezogen bin, habe ich keine Spiegel mehr. In der alten Wohnung waren welche, die ich von der Vormieterin übernommen hatte. Die habe ich der Tradition folgend, dann der Nachmieterin überlassen. Seither lebe ich spiegelfrei und zufrieden.

Ich weiß, wo mein Gesicht ist, meine Hände und meine Füße. Ich kenne meine Schuhgröße und in etwa auch meine Kleidergröße. Ich muss nicht wissen, wie mein Spiegelbild aussieht, um mich anzuziehen. Ich muss erst recht nicht die Hilfe eines Spiegels in Anspruch nehmen, um anzuziehen, was mir gefällt. Vor allem brauche ich nicht die Ratschläge eines

Spiegels, um mir in den Dingen, die ich gerne tragen würde, *nicht* zu gefallen.

Es gibt absolut keinen Grund, sich im neu angeschafften Bikini vor den Spiegel zu stellen. Ich war mal Augenzeugin, als eine Freundin das getan hat. Das ist jetzt 20 Jahre her, seitdem war sie nicht mehr im Schwimmbad.

Darauf, uns abfällige Bemerkungen abzuholen, die uns nicht nur den Tag, sondern auch das kommende Leben verderben, können wir doch gut verzichten. Wieso legen wir Wert auf die mehr oder minder unfreundlich formulierte Meinung eines Gegenstands?

Nun, der Spiegel würde uns jetzt sagen, dass ein Bild weitaus mehr Aussagekraft habe als viele Worte. Er würde auftrumpfen mit: »Einfallswinkel gleich Ausfallwinkel, klar?!«

Damit denkt und spricht er quer. Nahe genug an den Fakten, um den Betrachter glauben zu machen, dass es sich hier ausschließlich um objektive Berichterstattung handeln würde. Ein Wesen, das mutmaßlich nur neidisch darauf ist, nicht selbst aus Fleisch und Blut zu bestehen, meint es nicht gut mit uns.

Wir neigen dazu zu glauben, was wir fürchten. Wir unterstellen sogar, dass die Komplimente, die wir ab und an bekommen, unwahr sein könnten: Das haben die Leute nur aus Mitleid zu uns gesagt. Da glauben wir lieber einer Glasplatte, die uns garantiert täuscht. Eine Scheibe kann keine Lebensform abbilden.

Mein Kater interessiert sich nicht für Spiegelbilder. Er erkennt sich im Spiegel gar nicht wieder. Es fehlt ihm der Geruch und auch die Tiefe. Er hat ein inneres Bild der Welt und vertraut sich selbst. Er hat auch keine Wahl. Selbstreflexion ist ihm nicht gegeben – uns aber auch nicht, sonst bräuchten wir ja auf der Suche nach uns selbst, nicht in den Spiegel zu sehen.

Du denkst du siehst Dich im Spiegel? Nein, du siehst ein Spiegelbild und das ist ausnahmslos spiegelverkehrt.

Alex 15.07.2021

Ampelphasen

Wir haben ja bereits darüber gesprochen, dass ich nicht mehr über rote Ampeln radele – der Kinder wegen. Andererseits stehe ich nicht gerne vor roten Ampeln und warte auf die Erlaubnis eines Automaten, meinen Weg fortsetzen zu dürfen.

Es ist langweilig. Es zermürbt mich. Ganz besonders dann, wenn ich alleine vor einer Fußgängerampel stehe und außer mir und der Ampel weit und breit keine andere Lebensform zu sehen ist.

Ich möchte nicht rücksichtslos sein. Ich möchte keine Fußgänger überfahren und deswegen ins Gefängnis kommen, aber ich möchte auch nicht an Ampeln herumstehen und erleben müssen, wie unwiederbringliche Lebenszeit ungenutzt vorüberzieht.

Ich weiß nicht, wie es bei Ihnen ist, aber wenn man so wie ich langsam auf die Zielgerade eingebogen ist, dann wird deutlich, dass die noch zur Verfügung stehende Zeit endlich ist. Anders gesagt, wollte ich meinen Lebensabend eigentlich nicht vor einer roten Ampel verbringen.

Muss ich auch nicht, denn ich habe ein Gefühl für Ampelphasen. Ich brauche eine Strecke bloß ein – zweimal gefahren zu sein und schon habe ich den

Rhythmus der Ampelschaltung im Blut. Auf einer geraden Strecke von A nach B durch die Hauptverkehrsadern kann das jeder Autofahrer auch, aber ich fahre kreuz und quer durch die Stadt, kürze ab durch die Gärten, und dennoch schalten die Ampeln auf grün, wenn ich komme. Inklusive der Fußgängerampeln, die ich auch gelegentlich nutze, um die Straßenseite zu wechseln.

Da ich mein Kommen nicht im Himmel anmelde, wie die Nachbarin neulich gemutmaßt hat und ich weiß, dass ich keine telekinetischen Kräfte habe, wird klar, dass es da ein System geben muss.

Maschinen sind am Werk, also ist es Mathematik. Eine Ampelphase lässt sich vorhersagen wie eine Melodie, die niemand außer mir hören kann. Eine Studie muss her!

Eine Einfachblindstudie und Georg ist die Versuchsperson. »Fahr' Du doch voran!«, sage ich beiläufig. Das lässt sich Georg nicht zweimal sagen. In Helm und Funktionskleidung wirft er sich in den Verkehr. Meine Geduld wird auf eine harte Probe gestellt, denn wir warten tatsächlich an jeder Ampel. Das wäre nicht nötig gewesen, nur ein bisschen schneller hier, ein wenig langsamer da und wir hätten in einem Rutsch durchfahren können.

»Sag mal«, sage ich zu Georg, »fällt Dir eigentlich nicht auf, dass wir hier an jeder Ampel halten müssen?« Ich sterbe vor Langeweile. Die Wartezeiten dieser Fahrt würden aufaddiert die Zeit ergeben, die es bräuchte, ein Hemd plus einem T-Shirt zu bügeln oder auch am Testament zu feilen.

Es ist eine Einfachblindstudie, also versuche ich wirklich, die Nerven zu behalten. Manchmal kommt man mit Sensibilität und Diplomatie einfach weiter.

»Du fährst wie Stotterer sprechen. Auf dem Rückweg fahre ich vor.« Gesagt getan und wir segeln von Ampeln unbehelligt in den Heimathafen ein. Für ihn muss es sich doch anfühlen wie Magie, Labsal für die von Ampeln geprügelte Seele.

»Und? Ist Dir was aufgefallen?«, frage ich Georg.

»Das war Zufall«, sagt der.

Nein, das war es keineswegs. Zufall ist, wenn ich etwas finde, das ich nicht gesucht habe. Was wir hier haben, ist eine Inselbegabung.

Alex 11.07.2021

Lastenräder

Was ist schlimmer als viele Radfahrer?
Viele Lastenräder!

Auf der Liste: *Ich fahre rücksichtslos und die Straßenverkehrsordnung gilt nur für andere*, wären die Lastenräder sicher auf Platz Eins. Aber da sie so teuer sind und sich nicht jeder so ein Rad leisten kann, ist es nur Platz Zwei geworden; noch weit vor kleinen Kindern ohne Affektkontrolle und ohne Kenntnis von der Existenz irgendwelcher Regeln.

Hier im Viertel ist das anders. Hier kann jeder sich so ein Rad leisten und es macht sich einfach gut neben dem SUV. Stehen sie nebeneinander, sehen sie sich auch ähnlich. Klobig, klotzig, teuer und gefährlich. Nur Ihre Erbauer können sie voneinander unterscheiden.

Ein Lastenrad hat den vorderen *gepanzerten* Bereich. Dort werden etwa drei bis vier niedliche Kleinstkinder gestapelt und in den Kinderladen gefahren. Der SUV bleibt zu Hause. Damit kann man sich heutzutage vor dem Kinderladen wirklich nicht mehr blicken lassen – vor der Schule aber durchaus! Vor Schulen ist es gängige Praxis, mit den großen Karren in Viererreihen zu halten, um die Blagen sicher in der Schule abzuliefern.

Fahrten im Lastenrad sitzend erinnern an Tiertransporte, doch die Kleinen scheinen Spaß an der Sache zu haben. Gut, viel näher an ein Abenteuer als eine Dienstfahrt in die Kita mit Papi oder Mami zu machen, werden sie bis zu ihren 30igern ja auch nicht herankommen.

Papi trägt einen Helm, während die Kinder keinen tragen. Aber da sie ja in einer Art großem Helm sitzen, ist das sicherlich in Ordnung. Entsprechend rücksichtslos ist die Fahrweise.

Fahre ich einen Panzer, dann brauchen mich andere Verkehrsteilnehmer nicht zu interessieren.

Sie schlagen in den Wartebereich der Fußgängerampel ein wie eine Bombe. Menschen spritzen in Panik auseinander, wenn sie kommen. Danach stehen sie kreuz und quer auf dem Bürgersteig, wie aus der Kiste gepurzelte kleine Särge. Annektieren noch das kleinste bisschen Raum. Kämpfen unfreundlich für eine fahrradfreundlichere Stadt.

Ich weiß von älteren Menschen, die das Haus erst verlassen, nachdem der Zug der Lastenräder morgens vorüber gezogen ist. Es ist gefährlich! Man hat denen als Fußgänger nichts entgegenzusetzen. Es sei denn, man trägt eine Waffe.

Sie warten auf Grün – der Kinder wegen. Aber dann sausen sie schnell und unberechenbar völlig nach dem Zufallsprinzip über den Fußgängerüberweg. Möglicherweise wäre es sinnvoll, dass Fußgänger sich im Straßenverkehr durch entsprechende Kleidung besser schützten: Schienbeinschoner, Helm und Protektoren für die empfindliche Wirbelsäule.

»Gehen« als Konzept, um von A nach B zu kommen, mutet heutzutage den Kindern niemand mehr zu. Ist wahrscheinlich auch zu riskant, wegen der vielen Lastenfahrräder auf den Bürgersteigen.

Carl soll aber gehen lernen, deshalb ist er im Kinderturnen. Dort gehen sie aber nicht, sie *walken*! Heißt, sie schleppen sich missmutig – unterstützt von Stöcken voran. Dann dürfen sie ausruhen und zur Belohnung irgendetwas Geistloses auf dem Kinder-Tablet spielen.

Hier wäre vielleicht ein Lernspiel schön:

»Meine erste Reise alleine. Worauf ich achten muss, wenn ich groß bin und die Kinder in den Kinderladen fahre.«

Alex, 24.12.2021

Trennungsangst

Die Nachbarn haben heute Besuch. Genaugenommen haben sie ständig Besuch. Komme ich nach Hause, klingen die Geräusche aus ihrer vollen Wohnung bis zu mir. Anstatt verdienter Ruhe nach einem harten Tag, bekomme ich diese immerwährende Geräuschkulisse. Geht denen das nicht selbst auf die Nerven, die Wohnung andauernd voller Menschen zu haben?

Sie sind nicht laut. Nicht im Sinne von: Wir drehen die Musik auf und lassen so richtig die Affen raus. Waren Sie schon mal in einer Gaststätte? Sind irgendwann auf die Toilette gegangen und haben den Geräuschen aus dem Gastraum zugehört? Ich rede hier von dieser Art »laut«. Ein bienenstockartiger, an- und abschwellender, nie endender Geräuschpegel.

Das macht mich unruhig. Man muss im Grunde dauernd damit rechnen, dass jemand einen Stuhl umwirft oder die Gruppe laut johlt. Johlen ist nicht lachen. Johlen ist lautes Rufen einsilbiger Töne. Es sind Laute, die Gruppenzugehörigkeit, Fröhlichkeit und gute Laune signalisieren sollen, weil man sonst nichts zu lachen hat oder bereits zu betrunken ist, gemachte Witze zu begreifen. Lautes Johlen hat in einem Mietshaus nichts verloren!

Der Höhepunkt der Veranstaltung ist die Verabschiedung. Jetzt lebt die Truppe noch mal richtig auf. Allgemeines Stühlerücken und unter keinem Stuhl ist ein Stück Filz geklebt, um das Poltern ein wenig abzumildern.

Der Geräuschpegel steigt nun stetig an. Die Verabschiedung wird eingeleitet. Naiv, wer jetzt Hoffnung schöpft und denkt, dass alsbald Ruhe einkehren wird.

Das Gegenteil ist der Fall! Nun befindet sich der Besuch im Treppenhaus, während die Gastgeberin bei geöffneter Tür in der Wohnung steht.

Kinder flitzen rein und raus. Hilda hat bereits ihre Rollschuhe angezogen. Später wird sie versuchen, mit diesen Rollschuhen an den Füssen, die Treppen hinunterzulaufen.

Die BesucherInnen stehen herum und arbeiten den Abend in kleinen Gesprächsgruppen nochmals auf. Ab jetzt steigt die Stimmung im Minutentakt exponentiell!

Eine Trennung scheint in weiter Ferne zu liegen. Als Faustregel können wir hier einen Zeitrahmen annehmen, der mindestens der Dauer der eigentlichen Veranstaltung – aber wenigstens der Hälfte – entspricht. Eigentlich erstaunlich, dass nicht erneut Schnittchen oder Alkohol gereicht werden.

Von nun an ist die Veranstaltung kein aus der Nachbarwohnung kommendes Grundrauschen mehr.

Jetzt entsteht der Eindruck, dass die Gespräche in meiner Wohnung stattfinden.

Der Tenor der Unterhaltungen ändert sich auch ein wenig. Gemeinsames Johlen ist jetzt passé. Ab sofort wird über die Leute hergezogen, die bereits gegangen sind und die Leute, die bereits gegangen sind, reden wahrscheinlich gerade auch über diesen wunderbaren Abend unter Freunden.

»Jörn war mal wieder ziemlich voll.«, »Jana ist ja ganz nett, aber ... «, »Du, ich fand das gerade total toll, was du über das Impfen gesagt hast. Gib mir doch mal die Adresse Deiner Heilpraktikerin.« Ab sofort ist es nicht mehr nur die Lautstärke, die nervt. Es nervt auch inhaltlich.

Ich beschließe, den Leuten bei der Bearbeitung ihrer Trennungsängste ein bisschen zu helfen und öffne meinerseits die Tür:

»Sagt einfach Tschüss und geht endlich! Ihr wart jetzt lange genug da!« Fassungslose Gesichter wenden sich mir erstaunt zu. Es war doch gerade so schön, oder nicht?

Jetzt muss ich aber in der Tür stehen bleiben, bis sie gegangen sind, denn sobald ich die Tür schließen würde, hätten sie erneut ein Thema nämlich: Die gemeine Nachbarin, was sie, wenn auch flüsternd, dann noch lange besprechen müssten.

Alex, 13.01.2022

Vielen Dank fürs Lesen!
Alex 28. Juni 2022